Student Activities Manual

Fuentes

FOURTH EDITION

Workbook

Lab Manual

Scripts of Textbook Listening Selections

Debbie Rusch
Boston College

Marcela Domínguez

Lucía Caycedo Garner
University of Wisconsin—Madison, Emerita

HEINLE
CENGAGE Learning™

Australia • Brazil • Japan • Korea • Mexico • Singapore • Spain • United Kingdom • United States

ISBN-10: 0-495-89868-6

ISBN-13: 978-0-495-89868-9

Heinle
20 Channel Center Street
Boston, MA 02210
USA

Cengage Learning is a leading provider of customized learning solutions with office locations around the globe, including Singapore, the United Kingdom, Australia, Mexico, Brazil and Japan. Locate your local office at **international. cengage.com/region**

Cengage Learning products are represented in Canada by Nelson Education, Ltd.

For your course and learning solutions, visit **www.cengage.com.**

Purchase any of our products at your local college store or at our preferred online store **www.CengageBrain.com.**

Printed in the United States of America
1 2 3 4 5 6 7 13 12 11 10 09

CONTENTS

TO THE STUDENT

The *Fuentes* Activities Manual is organized into three parts:

- Workbook
- Lab Manual
- Scripts of Textbook Listening Selections

Workbook

The Workbook activities are designed to reinforce the material presented in *Fuentes: Conversación y gramática.* These activities will help you develop your language ability and your writing skills.

Each chapter of the Workbook follows the order of presentation of material in your text. Contextualized activities progress from controlled to open-ended ones in order to allow you to gain the necessary practice with structures and vocabulary before expressing your own opinions, wants, and needs. As you progress through each text chapter, you should do the related Workbook activities as they are assigned by your instructor.

Student annotations precede some activities to give you additional information or to help you better focus your responses. Specific tips dealing with grammar topics are also provided to assist you.

You will find the answers to the Workbook activities in a separate Workbook Answer Key.

Here are some recommendations for making the most of the Workbook.

- Do the activities *while* studying each chapter. Do not wait until the day before the quiz or the day before you have to hand it in. Working little by little — every day — will increase your knowledge of the Spanish language, improve your retention of the material studied, and most likely improve your final grade in the course.

- Before doing the activities, review the vocabulary and grammar sections in the text.

- Do the activities with the text closed.

- Say what you have learned to say, especially when doing open-ended activities. Be creative, but try not to overstep your linguistic boundaries. Keep in mind the chapter's focus at all times.

- Try to use bilingual dictionaries sparingly.

- Check your answers in the Workbook Answer Key after doing each activity. When the answers are specific, mark all the incorrect ones in a different color ink. When the Answer Key says *Answers will vary* and then offers a tip, such as *Check adjective-noun agreement,* make sure that you do what the tip tells you to do. In some instances the Answer Key merely says *Answers will vary* and offers no tips for correction. In these cases, you are normally asked to state an opinion or give a preference. Always double-check all open-ended answers, applying what you have learned.

- Remember that you will make mistakes and that this is part of the learning process. It is important to check incorrect responses against grammar explanations and vocabulary lists. Make notes to yourself in the margin to use as study aids. After having gone through this process, if there is something you still do not understand, ask your instructor for a clarification.

- Remember that it is more important to know why an answer is correct than to have merely guessed the correct response.

- Use the notes you have written in the margins to help prepare for exams and quizzes.

- If you feel you need additional work with a particular portion of a chapter, do the corresponding activities on the *Fuentes* Website.

Lab Manual and Textbook Listening Selections

The activities in the Lab Manual are designed to help improve your pronunciation and listening skills. The Lab Manual activities should be done near the end of each textbook chapter and before any exams or quizzes. Each chapter contains four parts.

- A pronunciation section is provided in the preliminary chapter and in chapters 1–6 of the lab program. It contains an explanation of the sounds and rhythm of Spanish, followed by pronunciation exercises.

- A comprehension section presents numerous listening activities. As you listen to these recordings, you will be given a specific task to perform (for example, complete a telephone message as you hear the conversation).

- The final activity in each chapter is usually a semi-scripted conversation between two native speakers, who were given a topic to discuss and a few guiding ideas. These conversations have been only minimally edited to give you the opportunity to hear spontaneous language.

- Each Lab Manual chapter ends with a recording of the corresponding chapter listening selection from *Fuentes: Conversación y gramática.* The scripts for these selections follow the Lab Manual portion of this Activities Manual. You may want to look at the script as you listen to the chapter selection. This will help you to review for quizzes and exams.

Listening strategies are explained and practiced in most chapters. By learning about and implementing these strategies, you will improve your ability to comprehend the Spanish language during this course.

Here are some suggestions to consider when doing the Lab Manual activities.

- While doing the pronunciation activities, listen carefully, repeat accurately, and speak up.

- Read all directions and items before doing the listening comprehension activities. This will help you focus on the task at hand.

- Pay specific attention to the setting and type of spoken language (for example, an announcement in a store, a radio newscast, or a conversation between two coworkers).

- Before doing some activities, you may be asked to make a prediction. The purpose of these activities is to put you in the proper mind-set to better comprehend. This is an important step and should be done with care.

- Do not be concerned with understanding every word; your goal should be simply to do the task that is asked of you in the activity.

- Replay the recording as many times as needed.

- Your instructor may choose to correct these activities or provide you with an answer key. In any case, after correcting your work, listen to the recording again to hear anything you may have missed.

Conclusion

Through conscientious use of the Workbook and Lab Manual, you should make good progress in your study of Spanish. If you need additional practice, do the *Fuentes* Website activities, which can provide a solid review before exams or quizzes.

Student Activities Manual

Fuentes

FOURTH EDITION

Workbook

La vida universitaria

ACTIVIDAD 1 **La lógica**

Lee las oraciones de la columna A y busca una respuesta lógica en la columna B.

A

1. Me llamo Andrés, ¿y tú? _____
2. ¿Cuál es tu especialización? _____
3. ¿Cuál es tu apellido? _____
4. ¿Cuántos años tienes? _____
5. ¿En qué año de la universidad estás? _____

B

a. Rodríguez.
b. 22.
c. Illinois.
d. Antonio.
e. Tercero.
f. Ingeniería.

ACTIVIDAD 2 **Datos personales**

Contesta estas preguntas con oraciones completas.

1. ¿Cómo te llamas? _____
2. ¿Cuál es tu apellido? _____
3. ¿Cuántos años tienes? _____
4. ¿De dónde eres? _____
5. ¿Estás en primer, segundo, tercer o cuarto año de la universidad? _____
_____

ACTIVIDAD 3 **Preguntas**

Lee esta conversación entre Ana, una estudiante, y el Sr. Peña, su nuevo profesor. Después, completa los espacios con palabras interrogativas como **por qué, cómo, cuál,** y **de dónde**.

Sr. Peña: Soy el Sr. Peña. ¿ _____ te llamas?

Ana: Ana. Ana Maldonado.

Sr. Peña: Encantado.

Ana: Igualmente.

Sr. Peña: ¿ _____ eres?

Ana: De Cali.

Sr. Peña: Pues yo también. ¿Y _____ es tu segundo apellido?

Ana: Palacios.

Sr. Peña: ¿_____ vive tu familia?

Ana: En la calle 8, número 253. ¿_____ quiere saber?

Sr. Peña: Es una casa grande con muchas flores en las ventanas y tu hermano se llama Rogelio, ¿no?

Ana: ¿_____ sabe Ud. todo eso?

Sr. Peña: Porque mi familia vive en el número 255.

Ana: ¡No me diga!

ACTIVIDAD 4 Las materias

Usa la siguiente lista de materias para clasificarlas según las ramas.

administración	computación	geometría analítica	psicología
de empresas	comunicaciones	ingeniería	química
anatomía	contabilidad	lingüística	relaciones públicas
antropología	economía	literatura	sociología
astronomía	estudios étnicos	mercadeo	trigonometría
cálculo	filosofía	oratoria	zoología
ciencias políticas			

Humanidades	Ciencias	Negocios
_____	_____	_____
_____	_____	_____
_____	_____	_____
_____	_____	_____
_____	_____	_____
_____	_____	_____
_____	_____	_____
_____	_____	_____
_____	_____	_____

ACTIVIDAD 5 Tus preferencias

Contesta estas preguntas.

1. ¿Qué materias tienes este semestre? _____
   _____

2. ¿Cuál es tu especialización?_____
   _____

3. ¿Cuál es la materia más difícil para ti? _____
   _____

4. ¿Cuál es la materia más fácil para ti? _____

_____

5. ¿Cuál es la especialización más fácil de tu universidad? _____

_____

6. ¿Cuál es la especialización más popular de tu universidad? _____

_____

ACTIVIDAD 6 **Las facultades**

Asocia las facultades de la columna A con las materias que ofrecen de la columna B. Puede haber más de una posibilidad para cada facultad y algunas materias se pueden asociar con más de una facultad.

A. Facultades

1. .... Filosofía y Letras
2. .... Medicina
3. .... Ciencias Económicas
4. .... Biología

B. Materias

a. sociología
b. contabilidad
c. japonés
d. relaciones públicas
e. zoología
f. anatomía
g. mercadeo
h. arqueología
i. estudios de la mujer

ACTIVIDAD 7 **Los horarios**

Completa los horarios de dos estudiantes típicos. Mira la especialización de cada uno y decide qué clases deben tomar. Escribe seis materias para cada estudiante.

Víctor León, estudiante de medicina
anatomía, arqueología, bioquímica, farmacología, ingeniería, histología, antropología, bioética, oratoria, patología

_____   _____

_____   _____

_____   _____

Cruz Lerma, estudiante de ciencias económicas
administración de empresas, latín, economía, astronomía, contabilidad, mercadeo, estadística, relaciones públicas, zoología

_____   _____

_____   _____

_____   _____

ACTIVIDAD 8 **El horario de Beatriz**

Lee el horario de Beatriz y contesta las preguntas. Sigue el modelo y escribe la hora en palabras.

hora	lunes	martes	miércoles	jueves	viernes
9:45–10:45	mercadeo		mercadeo		mercadeo
11:00–12:00	cálculo	inglés	cálculo	inglés	cálculo
12:15–1:15	economía	inglés	economía	inglés	economía
1:30–2:30					
2:45– 3:45	relaciones públicas	computación	relaciones públicas	computación	relaciones públicas
4:00–5:00	Clase de karate en el club de Pedro				

→¿A qué hora es su clase de economía?

Es a las doce y cuarto.

(¡Ojo! En la respuesta no es necesario usar el sujeto porque es obvio.)

1. ¿A qué hora es la primera clase de Beatriz los lunes? _____
   _____

2. ¿A qué hora es su primera clase los martes y jueves? _____
   _____

3. ¿A qué hora termina ella las clases en la facultad? _____
   _____

4. ¿Qué clase tiene en el club de Pedro y a qué hora es? _____
   _____

5. ¿Qué estudia Beatriz? ¿Negocios, derecho u otra cosa? _____
   _____

6. ¿Cuándo puede almorzar? _____

ACTIVIDAD 9 **Las preferencias**

Parte A: Completa estas frases con las palabras necesarias, por ejemplo: **A él** le .

1. A _____ te

2. _____ _____ me

3. A Juan y _____ mí _____

4. _____ Marta _____

5. _____ Uds. _____

6. _____ Ud. _____

7. _____ Rafael y _____ _____ nos

8. _____ Pedro y _____ Ana _____

9. _____ ellos _____

10. _____ Sr. Ramírez y _____ _____ Sra. Bert _____

Parte B: Termina estas frases con la forma correcta del verbo indicado.
→ _gustan_ las clases (gustar)

1. _____ los profesores de esta universidad (caer mal)
2. _____ el laboratorio de computadoras (fascinar)
3. _____ hablar de política (molestar)
4. _____ los trabajos escritos (encantar)
5. _____ hacer investigación en la biblioteca (interesar)
6. _____ los problemas sociales (importar)
7. _____ ir a todos los partidos de fútbol (fascinar)

Parte C: Usando lo que escribiste en la Parte A y en la Parte B, completa estas oraciones.

1. A _____ te _____ los profesores de esta universidad. (caer mal)
2. A Juan y _____ mí _____ _____ hacer investigación en la biblioteca. (interesar)
3. _____ Sr. Ramírez y _____ _____ Sra. Bert _____ _____ ir a todos los partidos de fútbol. (fascinar)
4. _____ ellos _____ _____ el laboratorio de computadoras. (fascinar)
5. _____ _____ me _____ hablar de política. (molestar)
6. _____ Marta _____ _____ los problemas sociales. (importar)

ACTIVIDAD 10 Las preferencias

Lee cada oración y complétala con **a, al, la, mí, ti, me, le, nos**, etc. Luego escoge el verbo lógico y escribe la forma apropiada para indicar las preferencias de diferentes personas.

1. A _____ me _____ leer novelas. Nunca miro la televisión. No escucho música. Leer es mi pasión. (caer bien, encantar)
2. A mi padre _____ _____ usar computadoras Mac, son muy fáciles usar. (fascinar, molestar)
3. A _____ te _____ la clase de español este semestre porque el profe es brillante y súper cómico. (encantar, caer mal)
4. A mi hermana _____ _____ sus compañeros de cuarto en la residencia estudiantil. Dice que son antipáticos. (caer mal, importar)
5. _____ Verónica _____ _____ los comentarios de su profesor de química porque son sexistas. (interesar, molestar)
6. _____ Profesor Márquez _____ _____ saber lo que piensan sus estudiantes, por eso tiene un blog donde los estudiantes pueden poner preguntas o comentarios. (interesar, molestar)

7. A mis amigos y a _____ no _____ _____ tener estudiantes de posgrado como profesores porque ellos preparan bien las clases y siempre están para responder a nuestras preguntas. (importar, interesar)

8. _____ _____me _____ las clases con exámenes parciales en vez de un solo examen al final del curso. Así sé si voy bien o mal en el curso. (interesar, importar)

9. _____ _____ Profesora Maldonado _____ _____ los exámenes orales; creo que es porque no le gusta corregir nada escrito. Es perezosa. (encantar, molestar)

ACTIVIDAD 11 Clasifica

Escoge adjetivos para terminar las oraciones de una manera lógica.

1. Los profesores excelentes son _____, _____ y _____ y no son _____. (intelectual, sabio, cerrado, justo)

2. Una clase buena es _____, _____ y _____ y no es _____. (dinámico, aburrido, interesante, divertido)

3. Un buen amigo es _____, _____ y _____ y no es _____. (encantador, honrado, sensato, deshonesto)

4. Una hermana fantástica es _____, _____ y _____ y no es _____. (insoportable, creativo, encantador, divertido)

5. Unos buenos padres son _____, _____ y _____ y no son _____. (astuto, activo, sabio, creído)

ACTIVIDAD 12 Tu futuro inmediato

Contesta estas preguntas sobre tu futuro. Escribe oraciones completas.

1. ¿Vas a cambiar tu horario este semestre o te gusta el horario que tienes? _____ _____

2. ¿Qué materias vas a tomar el semestre que viene? _____ _____

3. ¿Qué profesor/a va a dar los exámenes más difíciles este semestre? _____ _____

4. ¿En cuáles de tus clases vas a recibir buena nota este semestre? _____ _____

5. ¿Cuándo vas a tener tu primer examen este semestre y en qué clase? _____ _____

NOMBRE _____ FECHA _____

NOTE: *In this workbook you will be asked to write about personal topics, such as your family, friends, feelings, and opinions. Feel free to express yourself truthfully or to make up responses. At no time are you obligated to actually tell the truth. The point is to create with language and to improve your communication skills.*

ACTIVIDAD 13 Minipárrafos

Completa estos párrafos sobre tus gustos de una forma lógica.

Me encanta mi clase de _____ porque _____
_____
_____

(Marca "mal" o "bien" y "profesor" o "profesora" antes de escribir el siguiente párrafo.)

Me cae { bien / mal } mi { profesora / profesor } de _____ porque _____
_____
_____
_____

Me molestan las personas que son _____ porque _____
_____
_____
_____

ACTIVIDAD 14 Tu horario

Completa tu horario de clases y después escribe un párrafo usando las preguntas que siguen como guía.

MI HORARIO DE CLASES					
hora	lunes	martes	miércoles	jueves	viernes

¿Cuáles de tus clases te encantan? ¿Cuál es tu clase más fácil? ¿Y la más difícil? ¿Te caen bien tus profesores? ¿Cuál es tu clase más numerosa? ¿Cuántos estudiantes hay en esa clase? ¿Cuál es tu clase menos numerosa? ¿Cuántos estudiantes hay en esa clase? Como es el principio del semestre, ¿vas a cambiar o dejar alguna clase? ¿Te molesta la hora, la cantidad de trabajo u otro aspecto de tus clases?

_____

_____

_____

_____

_____

_____

_____

_____

_____

_____

_____

_____

_____

_____

_____

_____

_____

Nuestras costumbres

ACTIVIDAD 1 Miniconversaciones

Completa las siguientes conversaciones. Primero, lee la conversación y escoge un solo verbo para todos los espacios en blanco. Después, complétalos con la forma correcta.

1. —¿_____ tú a Ramón Valenzuela?

    —Claro que sí, y _____ a su padre también. (regresar, conocer)

2. —Cuando Uds. _____ a bailar, ¿adónde van?

    —Si _____ temprano, vamos al Gallo Rojo y si _____

    tarde, vamos a La Estatua de Oro.

    —Yo no _____ mucho, pero normalmente voy al Gallo Rojo también.

    (hacer, salir)

3. —¿Dónde _____ Ud.?

    —En julio y agosto _____ en Bariloche o Las Leñas en Argentina, y en

    enero, febrero y marzo _____ en el Valle de Arán en los Pirineos en

    España. Tengo que estar preparada para las Olimpiadas. (correr, esquiar)

4. —Ahora mis abuelos y mis tíos viven a una hora de aquí.

    —Entonces, _____ a tus parientes con frecuencia?

    —Sí, _____ a mis abuelos todos los domingos para comer. Mi abuela es

    una cocinera excelente y siempre prepara algo delicioso. (visitar, comer)

5. —¿Qué película va a _____ Ud.? *¿Mujeres al borde de un ataque de*

    nervios o *Todo sobre mi madre?*

    —Yo siempre _____ dramas, entonces *Todo sobre mi madre.* (escoger,

    practicar)

6. —Alfredo, ¿_____ a Juan con frecuencia?

    —_____ a Tomás, pero a Juan no. No estamos en la misma oficina ahora.

    (charlar, ver)

ACTIVIDAD 2 La vida universitaria

Lee cada oración, escoge el verbo lógico y escribe la forma apropiada. Luego escribe una "E" si es algo que normalmente hacen los estudiantes o "P" si lo hacen los profesores.

E/P

1. _____ durante la clase en sus cuadernos cuando _____

    están aburridos. (charlar, dibujar)

2. _____ a reuniones de la facultad. (ahorrar, asistir) _____

3. _____ tiempo completo. (trabajar, discutir) _____

4. _____ dos horas de oficina semanales por cada clase. _____
   (tener, compartir)

5. _____ la noche en vela cuando hay examen. (pasar, seguir) _____

6. _____ material de consulta en la biblioteca. (poner, vender) _____

7. _____ a clase los viernes o los días después de una fiesta. _____
   (escoger, faltar)

8. _____ los libros de texto. (escoger, contribuir) _____

ACTIVIDAD 3 Tus hábitos

Contesta estas preguntas sobre tus costumbres.

1. ¿Cuántas horas por semana estudias normalmente? _____
   _____

2. ¿Faltas a muchas clases o a pocas clases en un semestre? _____
   _____

3. ¿Participas en clase o hablas poco? _____
   _____

4. ¿Escoges clases con profesores buenos e inteligentes o clases fáciles? _____
   _____

5. ¿Cuándo haces investigación? ¿Al último momento o con anticipación?
   _____

6. ¿Pasas muchas noches en vela antes de tus exámenes o estudias con anticipación?
   _____

7. ¿Sacas buenas notas o notas regulares? ¿Por qué? Según tus respuestas a las preguntas 1 a 6,
   ¿tienes buenos o malos hábitos de estudio? _____
   _____
   _____
   _____

ACTIVIDAD 4 Un dilema

Una estudiante escribió la siguiente carta a una revista para pedir consejos. Completa la carta con
la forma apropiada de los verbos que están al lado de cada párrafo. Puedes usar los verbos más de
una vez.

asistir
compartir
estar
faltar
fotocopiar
ir
ser
tomar

Querida Esperanza:

Yo _____ una estudiante buena y estoy en tercer año de la carrera universitaria. Este año, mi hermana menor _____ conmigo. Nosotras _____ un apartamento cerca de la universidad. Yo _____ a todas mis clases, pero ella _____ a clase con frecuencia. Ella tiene 18 horas de clase por semana, pero solo _____ a 10 horas de clase. Dice que no es problemático porque los otros estudiantes _____ apuntes y ella lo _____ todo.

bailar
beber
comer
escoger
gastar
hacer
manejar
molestar
pasar
salir

Ella siempre _____ clases fáciles. No le gusta _____ investigación y por eso solo _____ clases con exámenes y sin trabajos escritos. Creo que está muy bien por un semestre, pero me _____ mucho su actitud. Ella no estudia mucho, pero _____ mucho con sus amigas. Ellas _____ en las discos, _____ en restaurantes y _____ mucha cerveza. Una cosa buena es que no _____ porque no tienen carro, pero tampoco tienen dinero para gastos necesarios porque _____ todo el dinero en los bares y en las discos. Luego, como mi hermana pasa el tiempo divirtiéndose, cuando ella tiene exámenes, siempre _____ noches en vela y eso no es bueno.

discutir
saber
sacar
ser

Yo _____ responsable e inteligente, pero no _____ qué hacer con mi hermana. Si ella continúa así va a _____ muy malas notas y va a tener problemas en la universidad. No puedo hablar con ella porque últimamente nosotras solo _____. ¿Qué puedo hacer?

Responsable pero desesperada

ACTIVIDAD 5 Clasifica

Parte A: Clasifica los siguientes verbos según las categorías indicadas.

ahorrar	conocer	encontrar	pedir	probar	servir
almorzar	costar	entender	pensar	querer	soler
cerrar	decir	escoger	perder	repetir	tener
comenzar	dormir	jugar	poder	sacar	venir
compartir	empezar	manejar	preferir	seguir	volver

e ⟹ ie	o ⟹ ue	e ⟹ i	u ⟹ ue	Verbos sin cambios de raíz (stem)

Parte B: Pon una estrella (*) después de los verbos que tienen una forma irregular o un cambio ortográfico (*change in spelling*) en la primera persona (la forma de **yo**) del presente del indicativo.

ACTIVIDAD 6 Miniconversaciones

Completa las siguientes conversaciones. Primero, lee la conversación y escoge un solo verbo para todos los espacios en blanco. Después complétalos usando la forma apropiada.

1. —No sé qué hacer con mi clase.

    —¿Qué pasa?

    —Los estudiantes no _____ mis explicaciones.

    —¿Quieres ir a mi clase para ver lo que hago yo? (preferir, entender)

2. —¿Qué _____ hacer Uds. en el futuro?

    —Después de casarnos, _____ vivir en un apartamento que ahora alquila mi madre. (comenzar, pensar)

3. —¿A qué hora _____ la exhibición en la galería?

    —_____ a las ocho en punto, pero el cóctel y la música _____ a las seis y media. (empezar, venir)

4. —Juan es estudiante y trabaja sólo diez horas por semana, pero siempre _____ dinero.

    —Es increíble, ¿no? Yo no _____ nada aunque gasto muy poco. (ahorrar, costar)

5. —_____ Francisca sus apuntes contigo?

—Francisca es muy egoísta. No _____ nada con nadie. (compartir, pedir)

6. —¿Qué _____ Alejandro de sus vecinos?

—No mucho. Pero nosotros _____ que ellos están locos. (probar, decir)

7. —_____ Uds. a la facultad para asistir al congreso este fin de semana?

—José Carlos _____ el viernes por la tarde, pero Marcos y yo _____ el sábado. (dormir, venir)

ACTIVIDAD 7 La respuesta

En la Actividad 4 completaste una carta de una estudiante. Ahora vas a completar la respuesta a esa carta. Primero, lee la carta de la Actividad 4. Segundo, lee la respuesta. Tercero, complétala con la forma apropiada de los verbos que están al lado de cada párrafo. Puedes usar los verbos más de una vez.

empezar
entender
ir
poder
probar
ser

Querida Responsable pero desesperada:

¿Qué _____ hacer tú? Absolutamente nada. Tu hermana no es una niña pequeña, ya _____ una mujer joven y las mujeres jóvenes toman sus propias decisiones. Algunas de estas van a ser buenas y otras _____ a ser malas. Ella es rebelde y, por eso, lo _____ todo. En este momento tu hermana no _____ las consecuencias de sus actos. Pronto va a _____ a ser más responsable.

cerrar
pedir
poder
querer
seguir
ser

Si _____ ser una hermana buena, no lo _____ criticar todo. Si ella _____ ayuda, entonces puedes dar tu opinión. Si tú _____ con tu crítica, _____ la puerta de la comunicación con ella. Debes aceptar que tú no _____ su madre sino su hermana.

Con esperanza de Esperanza

ACTIVIDAD 8 Somos perfectos

Escribe oraciones que los describan a Uds. y a sus amigos. Uds. son perfectos pero sus amigos son un desastre.

1. Ellos / dormir poco / todas las noches   Nosotros / dormir bien / siempre

_____   _____

_____   _____

2. Ellos / soler beber / alcohol en las fiestas   Nosotros / no soler beber / alcohol

_____   _____

3. Ellos / no pensar en / la ecología   Nosotros / siempre pensar en / la ecología

_____   _____

4. Ellos / faltar a / clase con frecuencia   Nosotros / no faltar a / clase

_____   _____

5. Ellos / mentir / mucho   Nosotros / no mentir / nunca

_____   _____

6. Ellos / decir / cosas tontas   Nosotros / decir / cosas inteligentes

_____   _____

NOTE: _Remember to use_ **hace** + time expression + present tense of verb _when stating how long an action has been going on. When you are not exactly sure of the duration, insert_ **como** _before the time expression._

ACTIVIDAD 9 **¿Cuánto tiempo hace que...?**

Contesta las siguientes preguntas sobre tu familia usando oraciones completas (incluye un verbo en cada respuesta). ¡OJO! Según tus respuestas, es posible que no tengas que contestar todas las preguntas.

1. ¿Dónde viven tus padres? _____
   ¿Cuánto tiempo hace que viven allí? _____

   _____

   ¿Te gusta la ciudad donde viven ellos? _____

   _____

2. ¿Trabaja tu padre o está jubilado? Si trabaja, ¿dónde trabaja y qué hace? _____

   _____

   Si trabaja, ¿cuánto tiempo hace que trabaja? Si está jubilado, ¿cuánto tiempo hace que está jubilado? _____
   ¿Y tu madre? _____

   _____

   _____

3. ¿Cuánto tiempo hace que estudias en esta universidad? _____
    _____

    ¿Dónde vives? ¿En una residencia estudiantil, en un apartamento o con tu familia?
    _____

    ¿Cuánto tiempo hace que vives allí? _____
    _____

ACTIVIDAD 10 **Mail de un amigo**

Pablo le escribe a una amiga para contarle acerca de los compañeros en su nuevo trabajo.
Completa el mail con la forma apropiada de los verbos que están al lado de cada párrafo. Puedes
usar los verbos más de una vez.

aburrirse
divertirse
ocuparse
reírse
sentirse

Querida Mónica:
Te escribo desde mi nuevo trabajo porque me estoy tomando un
pequeño descanso. Mariana y Héctor son mis compañeros de oficina.
Nosotros _____ de editar los manuscritos que recibimos
de los autores. Tenemos mucho trabajo y es muy variado, por eso nunca
_____. Yo _____ mucho con mi trabajo y con
Mariana y Héctor. Nosotros _____ muy cómodos trabajando
juntos. Mariana, en especial, es muy graciosa y _____ de
todo.

darse
equivocarse
quejarse
reírse

    Como en toda oficina, tenemos un tipo que es muy malhumorado
y nunca _____ de nada; cree que es perfecto y no acepta
cuando _____. Siempre _____ de todo, pero un
día de estos va a tener que _____ cuenta de que necesita ser
más considerado con los otros trabajadores. Creo que tarde o temprano
nuestro jefe va a cansarse de él.

acordarse
ocuparse
preocuparse
quejarse
sentirse

    La verdad es que no _____ porque trabajo con gente
muy simpática en esta oficina. Tengo suerte porque mi jefe es una persona
muy considerada que _____ por sus empleados; siempre
_____ de los cumpleaños de todos y _____ de
reunir dinero para comprar regalos. Así que, aunque tengo muchísimo que
hacer, _____ muy bien en este trabajo.

irse
quejarse
reunirse

    A veces _____ después del trabajo cuando los tres
tenemos tiempo, aunque hay días que estamos muy ocupados y
no _____ de la oficina hasta las ocho de la noche; pero
nosotros no _____ porque muchas veces salimos antes de
las seis.

Continúa

acordarse
darse
olvidarse
reunirse

Cambiando de tema, yo nunca _____ de las charlas eternas que teníamos en el café de la esquina de tu casa. ¿Y tú? ¿_____ de esas charlas tan animadas después de clase? ¿Todavía _____ con Paco y Lucía en el café? Me gustaría visitarte, pero _____ cuenta de que estás muy ocupada con la universidad.

Bueno, tengo que terminar un trabajo. Muchos saludos para ti y tus hermanos y escríbeme cuando tengas tiempo.

Un fuerte abrazo,
Pablo

ACTIVIDAD 11 Las malas costumbres

Lee las siguientes acciones y escribe oraciones para decir si tú haces algunas de estas acciones o si las hace tu compañero/a de cuarto o apartamento.

afeitarse y (no) limpiar el lavabo	(nunca) sacar la comida podrida (*rotten*) del refrigerador
dejar cosas por todas partes	dormirse en el sofá
bañarse y (no) limpiar la bañera	acostarse tarde y hacer mucho ruido
despertarse temprano y hacer mucho ruido (*noise*)	maquillarse y dejar el lavabo sucio
cepillarse los dientes y no poner la tapa en la pasta de dientes	sentarse siempre en el mismo lugar para mirar televisión
(no) apagar las luces al salir	(no) lavarse las manos antes de cocinar
(no) lavar los platos después de comer	

Yo _____

_____

_____

Mi compañero/a _____

_____

_____

ACTIVIDAD 12 ¿Cómo son Uds.?

Completa las preguntas con la forma apropiada de los verbos indicados y después contéstalas para decir qué hacen tus amigos y tú.

1. ¿Cómo _____ Uds.? (divertirse)

_____

_____

2. ¿Dónde _____ Uds. para estudiar? (reunirse)

_____

_____

3. Muchos estudiantes tienen interés por la política o por las reglas de la universidad. ¿En qué asuntos _____ Uds.? (interesarse)

_____

_____

4. ¿De qué _____ Uds.? (quejarse)

_____

_____

5. En general, ¿_____ Uds. contentos o frustrados en la universidad? (sentirse)

_____

¿Por qué? _____

_____

ACTIVIDAD 13 Reacciones

Escribe cinco oraciones para expresar tus reacciones usando los verbos indicados e ideas lógicas de la lista.

los problemas raciales de este país	los políticos que mienten
la escuela de posgrado	la gente que bebe demasiado alcohol
las películas documentales	mis compañeros
el consumo de drogas ilegales	las personas ignorantes

→ preocuparse

Me preocupo por el consumo de drogas ilegales.

1. darse cuenta de

_____

2. divertirse con

_____

3. aburrirse con

_____

4. prepararse para

_____

5. reírse de

_____

ACTIVIDAD 14 El diván del psicólogo

Contesta estas preguntas.

1. ¿Cuándo te enojas? _____

   _____

2. ¿Te aburres cuando estás solo/a? _____

   _____

3. ¿Te sientes mal si un amigo está triste o no te preocupas? _____

   _____

4. ¿Te preocupas por las personas menos afortunadas? Si contestas que sí, ¿haces algo
   específico por ellas? _____

   _____

5. Si te equivocas, ¿te ríes de tus errores o te sientes como un/a tonto/a? _____

   _____

6. ¿De qué cosas te olvidas? _____

   _____

7. ¿Te acuerdas de comprar tarjetas o regalos de cumpleaños para tus amigos y parientes?

   _____

   _____

8. Si te sientes mal, ¿prefieres estar acompañado/a o solo/a? _____

   _____

ACTIVIDAD 15 La vida nocturna

Completa el crucigrama. Recuerda que en los crucigramas las palabras no llevan acento.

Horizontal

3. Pobre Juan, su novia lo dejó _____ en la esquina.
5. ¿Quieres salir a dar una _____?
6. Ellos siempre _____ a las 9:00 en el café Comercial. Son las 9:10. ¿Por qué no vamos a ver si están?
8. No me gusta sentarme en la primera _____ del cine porque estoy demasiado cerca de la imagen.
9. Los amigos de Javier suelen _____ los viernes para jugar a las cartas.
10. Si quieres bailar, vas a una _____.
12. Los sábados por la noche, Jorge y sus amigos suelen _____ en el carro de su padre para mirar a las chicas por la calle.
13. Es muy tímido. Nunca quiere _____ a bailar a las chicas.
16. El sábado voy a un _____ de la orquesta filarmónica.
17. Generalmente nos gusta ir al _____ de la esquina para tomar algo.

Vertical

1. Si no tienes entradas, a veces se las puedes comprar a un _____ en la puerta del teatro.

2. No llegó a tiempo porque tuvo un _____.

4. En España, _____ es la acción de salir a un bar o una disco en busca de un futuro novio o novia.

7. Las _____ para el Superbowl cuestan mucho dinero y es casi imposible comprar una.

11. Él suele _____ a buscarla después de trabajar y luego salen.

14. ¿Qué van a _____ Uds.? ¿Vino, Coca-Cola, cerveza?

15. Si quieres ver una película, vas al _____.

ACTIVIDAD 16 **Por la noche...**

Parte A: Completa el siguiente formulario.

Hombre _____   Mujer _____

Casado/a _____   Soltero/a _____

Edad: 18–20 _____   21–30 _____   31–50 _____   51+ _____

Marca si sueles hacer las siguientes actividades y cuándo las sueles hacer:

ACTIVIDADES	ENTRE SEMANA POR LA NOCHE (LUNES A JUEVES)			LOS FINES DE SEMANA POR LA NOCHE (VIERNES A DOMINGO)		
	NUNCA	A VECES	MUCHO	NUNCA	A VECES	MUCHO
ir a un bar						
ir a conciertos						
dar una vuelta con amigos						
pasear en el auto						
salir a cenar						
ir al cine						
reunirse con amigos en una cafetería						
pasar tiempo con amigos						
ligar						

Parte B: Teniendo en cuenta tus respuestas de la Parte A, ¿te consideras una persona típica o atípica según las costumbres de la cultura de tu país? ¿Por qué?

_____

_____

_____

_____

_____

_____

ACTIVIDAD 17 En el aeropuerto de Barajas

Después del 11 de septiembre en los Estados Unidos y el 11 de marzo en Madrid, la gente toma más precauciones. Termina estas preguntas que se pueden oír al entrar en España con **qué** o **cuál** y escribe respuestas completas basadas en la información entre paréntesis.

1. ¿_____ es su maleta? (la maleta azul)

   _____

2. ¿_____ es su número de pasaporte? (888609999A)

   _____

3. ¿_____ es su número de teléfono en los Estados Unidos? (617-555-4321)

   _____

4. ¿_____ va a hacer Ud. en España? (estudiar / hacer turismo)

   _____

5. ¿_____ lleva Ud. en la bolsa? (ropa / libros)

   _____

6. ¿_____ hay en el paquete? (un regalo para un amigo)

   _____

7. ¿_____ es? (un podómetro)

   _____

8. ¿_____ es un podómetro? (un aparato que dice cuánta distancia camina uno durante un día)

   _____

9. ¿_____ es su dirección de mail? (agente99@kaos.com)

   _____

ACTIVIDAD 18 Miniconversaciones

Completa estas conversaciones con **a, al, a la, a los, a las** o deja el espacio en blanco cuando sea necesario.

1. —¿Vas _____ venir?

   —No puedo. Tengo que visitar _____ Sra. Huidobro. Está en el hospital, ¿sabes?

   —No, no lo sabía.

2. —Todos los días mi vecina de 85 años cuida _____ las plantas, lleva _____ sus nietos al colegio y visita _____ su marido que está en una casa de ancianos.

   —Es una mujer increíble.

3. —¿_____ padre de Beto le gusta la música de Juan Luis Guerra?

   —Le fascina. Escucha _____ el MP3 *Areíto* todos los días en el carro.

4. —Buscamos _____ Pedro Flores y _____ Francisco Pérez.

   —Somos nosotros.

   —Es que queremos formar _____ una liga para jugar todos los sábados. ¿Les interesa jugar?

   —¿_____ nosotros? ¡Claro!

5. —¿Cuántos empleados tiene la fábrica nueva?

   —Tiene _____ 235 personas.

   —¿Tantas? No sabía.

6. —Bueno, yo traigo _____ tortillas, _____ salsa y _____ guacamole a la fiesta. ¿Y tú?

   —Traigo _____ Verónica.

   —¡Oye! ¡No es justo!

ACTIVIDAD 19 ¡Qué viaje!

Parte A: Hace unos días que Paula está en Oaxaca, México, con un grupo de estudiantes norteamericanos para hacer un curso de verano y le escribe una carta a su abuelita mexicana que vive en los Estados Unidos. Completa la carta con **a, al, a la, a los, a las** o deja el espacio en blanco cuando sea necesario.

> Oaxaca, 25 de julio
>
> Querida abuela:
>
> Por fin me estoy habituando a mi familia mexicana en Oaxaca. Todavía no tengo mi ropa, pero la aerolínea dice que las maletas van _____ llegar pronto. No sé por qué, pero siempre pierdo _____ las maletas. Conozco _____ otras personas del grupo, pero quiero hacerme amiga de los mexicanos. Me dicen que tengo que conocer _____ Sr. Beltrán, uno de los directores de nuestro grupo que es muy gracioso.

Mi familia es fabulosa. La madre prepara _____ comida deliciosa y creo que ya peso un kilo más. Mis hermanos mexicanos son muy extrovertidos y tocan _____ la guitarra muy bien. Dicen que por la noche cantan _____ serenatas para sus novias. No sé si es verdad o no, pero sí sé que son muy divertidos. _____ muchachos les gusta salir con frecuencia.

_____ mí me encanta tu país y quiero volver el verano que viene. _____ todos los del grupo nos fascinan, más que nada, los colores. Se ven colores brillantes por todos lados. Creo que voy comprar mucha artesanía. Conozco _____ un artesano fabuloso. Se llama Javier Mejía y en su tienda vende _____ figuras de papel maché. Quiero aprender _____ hacer estas figuras. Ahora pienso buscar _____ instructor de artesanía típica que me recomendaron.

Por la mañana, asistimos _____ clase tres horas y el resto del tiempo visitamos _____ museos o ruinas zapotecas. Todos los días aprendemos _____ palabras nuevas muy útiles. Vamos _____ ir a Monte Albán mañana y _____ Mitla la semana que viene. Algún día quiero _____ trabajar de arqueóloga y poder excavar ruinas.

Bueno, me tengo que ir. Javier y yo vamos _____ cafetería esta tarde, después _____ cine y más tarde pensamos ir _____ un restaurante. Él es muy simpático, ¿sabes? Saludos _____ toda la familia.

Besos y abrazos de

Paula

Parte B: La forma de escribir una carta en español varía un poco de cómo se escribe en inglés. Contesta estas preguntas para aprender cómo se escribe una carta en español.

1. En inglés empezamos con la fecha. En español también debes incluir la fecha, pero hay algo antes. ¿Qué es?

   la dirección _____   la ciudad donde está la persona que escribe _____

2. ¿Quién escribe la carta de la Parte A?   Paula _____   la abuela _____

   ¿Quién recibe la carta?   Paula _____   la abuela _____

   ¿Es una carta formal o informal?   formal _____   informal _____

   En inglés usamos coma después del saludo (*Dear Alberto,*). ¿Qué usan en español: coma o dos puntos?   coma _____   dos puntos _____

ACTIVIDAD 20 Evita la redundancia

Oíste estas conversaciones en una fiesta. Lee las siguientes preguntas y termina las respuestas de una forma "natural", sin redundancias. Usa un verbo y pronombres de complemento directo como **lo, la, los, las**.

1. —¿Tú quieres comer pizza después en mi apartamento?

   —De verdad, _____ todos los días. ¿No tienes otra cosa?

2. —¿Cuándo vas a terminar la redacción para la clase de filosofía?

 —Con suerte voy a _____ mañana.

3. —¿Está bebiendo Carlos la cerveza que compramos?

 —Sí, está _____ y eso me preocupa porque siempre se emborracha.

4. —¿Me vas a llamar mañana?

 —Claro que _____ a llamar.

5. —¿Tienes mi número de teléfono?

 —¡Uy! Lo siento. No _____.

6. —¿Me quieres?

 —_____ mucho.

7. —Te invito a cenar mañana si quieres. ¿OK?

 —Si tú _____, claro que voy a decir que sí.

ACTIVIDAD 21 En este momento

Contesta estas preguntas. No tienes que usar los nombres completos de las personas; puedes escribir solo sus iniciales. Si el complemento directo puede ir en dos lugares, escribe las dos posibilidades.

→ ¿Quién va a llamarte mañana?
JC me va a llamar mañana. / JC va a llamarme mañana.

1. ¿Quién te quiere más que nadie en el mundo? _____

 _____

2. ¿Quién quiere visitarte en este momento? _____

 _____

3. ¿Quién te va a invitar a salir este fin de semana? _____

 _____

4. ¿Quién te está buscando ahora mismo y no te puede localizar? _____

 _____

ACTIVIDAD 22 La vida en tu universidad

Contesta estas preguntas sobre la vida estudiantil con oraciones completas. Sigue el modelo.

→ Si tus amigos y tú quieren información sobre programas de estudios en el extranjero, ¿los consejeros los informan?
Sí, los consejeros nos informan.

1. Cuando tus amigos y tú entran en la biblioteca, ¿los bibliotecarios los ayudan si tienen preguntas?

 _____

2. Al entrar en el estadio de fútbol o de basquetbol, ¿los vigilan para ver si tienen alcohol?

 _____

3. En la oficina de servicios para estudiantes, ¿los atienden con eficiencia o los hacen esperar?
_____

4. En las cafeterías, ¿los saludan los cajeros?
_____

5. ¿Los profesores los ven en sus horas de oficina si tienen preguntas?
_____

6. ¿Los empleados de la universidad los tratan bien o mal?
_____

ACTIVIDAD 23 Una persona que admiro

Parte A: El periódico de la universidad te pidió un artículo sobre un/a pariente que admiras mucho. Antes de escribir el artículo, anota algunas ideas sobre esa persona.

Nombre _____

Descripción física _____, _____

Parentesco (hermano/a, tío/a, etc.) _____

Ocupación _____

Descripción de su personalidad _____, _____

Gustos (le gusta..., le fascina..., se interesa por..., etc.) _____,
_____, _____

Qué hace normalmente (corre, trabaja, suele..., juega al...) _____,
_____, _____, _____

Qué hace para divertirse _____

Planes futuros (va a...) _____, _____,
_____

Por qué admiras a esa persona _____

(Continúa en la página siguiente.)

Parte B: Organiza tus apuntes de la Parte A y decide qué vas a incluir y qué no vas a incluir en tu artículo. Escribe dos párrafos sobre esa persona que admiras.

_____

_____

_____

_____

_____

_____

_____

_____

_____

_____

_____

_____

_____

_____

_____

España: pasado y presente

ACTIVIDAD 1 Interpretaciones

Examina las siguientes oraciones sobre la historia de España y la colonización del continente americano. Indica cuál de los gráficos explica mejor el uso del pretérito en cada oración.

A. una acción completa en el pasado   **X**
B. el comienzo o el fin de una acción   **X... ...X**
C. el período de una acción   **X**

1. _____ En el año 711, los moros invadieron la Península Ibérica que hoy en día se compone de España, Portugal y Gibraltar.

2. _____ Los moros estuvieron en la península por 781 años.

3. _____ La victoria cristiana, en Granada, en 1492 marcó el final de la presencia mora en la península.

4. _____ La boda de Fernando e Isabel inició la unión de las regiones de Aragón y Castilla, el primer paso hacia lo que es la España de hoy.

5. _____ Cristóbal Colón se emocionó al recibir la noticia de la reina Isabel sobre la financiación y el apoyo de sus exploraciones hacia la India.

6. _____ En 1518 Hernán Cortés llegó a México.

7. _____ Pronto empezaron a llegar clérigos para fundar misiones y conquistadores en busca de tesoros.

8. _____ Los españoles ejercieron control sobre partes de Hispanoamérica durante más de cuatro siglos.

9. _____ Franco fue dictador desde 1939 hasta su muerte en 1975.

10. _____ Se celebraron la feria mundial (la Expo 92, en Sevilla) y también los Juegos Olímpicos en Barcelona en 1992, quinientos años después de la llegada de Colón a América.

ACTIVIDAD 2 Los Reyes Católicos

Completa estos datos sobre la vida de Isabel y Fernando con las formas apropiadas del pretérito de los verbos indicados.

1451 _____ Isabel I de Castilla. (nacer)

1452 _____ Fernando II de Aragón. (nacer)

1469 _____ Fernando II de Aragón e Isabel I de Castilla. (casarse)

1478 Los Reyes Católicos _____ la Inquisición española. (iniciar)

1479	Fernando e Isabel _____ las regiones de Aragón y Castilla. (unir)
	_____ Juana la Loca, la primera hija de los reyes. (nacer)
1492	Los cristianos _____ a los moros en Granada. (vencer)
	El reino español _____ a los judíos de la península. (expulsar)
	El reino _____ la primera expedición de Cristóbal Colón. (financiar)
1496	_____ Juana la Loca y Felipe el Hermoso (de Austria). (casarse)
1504	_____ la Reina Isabel. (morir)
	_____ al poder Juana la Loca y su esposo Felipe el Hermoso para ser los Reyes de Castilla. (subir)
1506	_____ Felipe el Hermoso. (morir)
	El Rey Fernando _____ la regencia de Castilla. (asumir)
1507	_____ matrimonio el Rey Fernando con Germana de Foix. (contraer)
1516	_____ el Rey Fernando. (morir)

> **NOTE**: *Stem-changing verbs ending in* **-ar** *and* **-er** *have no changes in the preterit. Stem-changing verbs ending in* **-ir** *have a change only in the third person preterit forms; this is the second change noted in the vocabulary list entries:* **competir (i, i)**.

ACTIVIDAD 3 Acontecimientos

Los siguientes acontecimientos deportivos ocurrieron durante tu vida. Escribe la forma apropiada de los verbos indicados.

1. En 2008, las Olimpiadas _____ lugar en Beijing y el show de apertura _____ espectacular. (tener, ser)
2. En 2005, Lance Armstrong _____ el Tour de Francia por séptima vez. (ganar)
3. Michael Jordan _____ al béisbol tres años. (jugar)
4. En 2007, Helio Castroneves, tricampeón del Indy 500, _____ en el programa *"Dancing with the Stars"* y _____. (competir, ganar)
5. En 2005 y 2008, Albert Pujols _____ el trofeo de Jugador más Valioso de la Liga Nacional de Béisbol. (recibir)
6. Rafael Nadal _____ a jugar en los torneos del Grand Slam de tenis en 2003 con 17 años de edad. (empezar)
7. En 2003, Mónica Seles _____ del tenis profesional. (retirarse)
8. En el año 2009, la Asociación Nacional de Basquetbol _____ a LeBron James como el mejor jugador. (nombrar)

NOTE: Remember the following spelling conventions: **ca, que, qui, co, cu / za, ce, ci, zo, zu / ga, gue, gui, go, gu**

ACTIVIDAD 4 **¿Qué hiciste?**

¿Cuáles de las siguientes cosas hiciste?

1. **La semana pasada**

buscar información en la biblioteca   comer en un restaurante
discutir con alguien   entregar la tarea a tiempo
ver una película   sufrir durante un examen
tocar un instrumento musical   enfermarte
asistir a un partido de fútbol/basquetbol/etc.   hacer otra cosa (¿qué?)

_____

_____

_____

_____

_____

2. **El verano pasado**

ganar dinero   viajar a otro país
vivir con tus padres   alquilar un apartamento
comenzar un trabajo nuevo   asistir a un concierto
empezar a / dejar de salir con alguien   hacer otra cosa (¿qué?)

_____

_____

_____

_____

_____

NOTE: Review preterit forms of **-ir** *stem-changing verbs and of irregular verb forms.*

ACTIVIDAD 5 **Acciones**

Di cuándo fue la última vez que hiciste las siguientes cosas y cuándo fue la última vez que las hizo un/a amigo/a. Usa estas expresiones al contestar: **anoche, ayer, anteayer, la semana pasada, el mes/año pasado, hace (tres) días/semanas/meses/años,** etc.

1. quedarse dormido/a leyendo

   Yo:_____

   Mi amigo/a: _____

2. mentir

   Yo:_____

   Mi amigo/a: _____

3. hacer ejercicio

   Yo:_____

   Mi amigo/a: _____

4. llevar a un/a amigo/a a tu casa

   Yo:_____

   Mi amigo/a: _____

5. conocer a una persona interesante

   Yo:_____

   Mi amigo/a: _____

6. saber una verdad difícil de aceptar

   Yo:_____

   Mi amigo/a: _____

7. no poder terminar una tarea a tiempo

   Yo:_____

   Mi amigo/a: _____

8. divertirse un montón

   Yo:_____

   Mi amigo/a: _____

NOTE: *Do not list two things that you did simultaneously. For example: if you studied and listened to music at the same time, only list one activity and not both.*

ACTIVIDAD [6] **¿Qué hiciste?**

Parte A: Haz una lista de seis cosas que hiciste anoche. Escribe solamente una actividad en cada espacio en blanco.

1. _____
2. _____
3. _____
4. _____
5. _____
6. _____

Parte B: Usa la lista de la Parte A para escribir una narrativa sobre qué hiciste anoche. Usa palabras como **primero, segundo, después** (**de** + *infinitivo*), **más tarde, luego, antes** (**de** + *infinitivo*), **enseguida, finalmente.**

_____

_____

_____

_____

_____

ACTIVIDAD 7 Historia

Forma oraciones sobre la historia española.

1. Los moros / invadir / la Península Ibérica

   _____

2. Los clérigos españoles / fundar / misiones en el continente americano

   _____

3. Los conquistadores / importar / a los esclavos negros para trabajar

   _____

4. Los ingleses / colonizar / el nordeste de los Estados Unidos

   _____

5. Los portugueses / explorar / Brasil

   _____

6. Muchos intelectuales españoles / irse / a América para escapar de la dictadura de Franco

   _____

ACTIVIDAD 8 Más historia

Completa las preguntas con la forma apropiada del verbo indicado y después contéstalas usando la frase **hace... años que...**

1. ¿Cuántos años hace que la corona española _____ la Inquisición? (iniciar / 1478)

   _____

   _____

2. ¿Cuántos años hace que el explorador Magallanes _____ a las Islas Filipinas? (llegar / 1521)

   _____

   _____

3. ¿Cuántos años hace que un conquistador español _____ la exploración de Texas? (comenzar / 1519)

_____

_____

4. ¿Cuántos años hace que Simón Bolívar _____ Venezuela del dominio español? (liberar / 1821)

_____

_____

5. ¿Cuántos años hace que Guinea Ecuatorial, una ex colonia española en África, _____ su independencia total? (lograr / 1968)

_____

_____

ACTIVIDAD 9 ¿Cuándo?

Lee las siguientes frases y escribe una oración que indique cuál de las dos acciones ocurrió primero.

→ recibir una carta de aceptación de la universidad / terminar la escuela secundaria

Ya había terminado la escuela secundaria cuando recibí una carta de aceptación de la universidad.

1. terminar el segundo año de la escuela secundaria / sacar el permiso de manejar

_____

_____

2. visitar la universidad / solicitar el ingreso a (to apply to) la universidad

_____

_____

3. tomar el examen de SAT / cumplir los 18 años

_____

_____

4. graduarme de la escuela secundaria / decidir a qué universidad ir

_____

_____

5. terminar la escuela secundaria / cumplir los 18 años

_____

_____

6. decidir mi especialización / empezar los estudios universitarios

_____

_____

ACTIVIDAD 10 El cine

Completa el crucigrama. Recuerda que en los crucigramas las palabras no llevan acento.

Horizontal

2. Pedro Almodóvar es _____ de cine.

4. Si es para niños, es una película _____.

5. El Oscar es un tipo de _____.

7. Los _____ de las películas de Pedro Almodóvar suelen ser gente marginada como los travestis de *Todo sobre mi madre*.

10. Esa película es _____ para todos los públicos.

12. Cuando dan una película en el cine, se dice que está en _____.

13. Si una película de suspenso tiene un buen _____, el final siempre es una sorpresa.

14. Me encantan las películas de ciencia _____ como *La guerra de las galaxias*.

15. La música que acompaña una película es la banda _____.

Vertical

1. En la película *Frida*, Salma Hayek hace el _____ de la pintora mexicana Frida Kahlo.

3. Nunca estoy de acuerdo con los _____ de los periódicos. Si a ellos no les gusta algo, a mí sí que me gusta.

6. Antes de empezar a ver una película, siempre ponen _____ de las películas que están por estrenarse.

8. La primera noche de una película es el _____.

9. Me fascinan los _____ especiales en las películas de acción.

11. PG es una clasificación _____ en los Estados Unidos.

Parte A: Lee la siguiente ficha técnica de la película *Hombres armados* y contesta las preguntas que están a continuación.

Hombres armados

TÍTULO ORIGINAL	Men With Guns
AÑO	1997
DURACIÓN	128 min
PAÍS	Estados Unidos
DIRECTOR	John Sayles
GUION	John Sayles
MÚSICA	Mason Daring
FOTOGRAFÍA	Slawomir Idziak
REPARTO	Federico Luppi, Damián Alcázar, Tania Cruz Damián Delgado, Dan Rivera González, Mandy Patinkin, Kathryn Grody
PRODUCTORA	Sony Pictures Classic presenta una producción Lexington Road / Clear Blue Sky / The Independent Film Channel / Anarchists' Convention

GÉNERO Y CRÍTICA 1997: San Sebastián: Premio de la Crítica Internacional / Drama / SINOPSIS: El Dr. Fuentes es un hombre en busca de su legado: siete estudiantes de medicina que entrenó para trabajar en villas nativas paupérrimas. Pero desde el inicio comienza a sospechar que "hombres armados" llegaron antes que él, y es confrontado a cada paso con realidades sangrientas que siempre ignoró. Ahora, su búsqueda está casi frustrada, a excepción de una mítica villa ubicada en las profundidades de la selva: un último refugio de la esperanza llamado "Cerca del Cielo". (FILMAFFINITY)

"Obra maestra" (Carlos Boyero: Diario El Mundo)

"Dos apasionantes horas de tragedia de investigación política y humana" (Vicente Molina Foix: Cinemanía)

"Luppi, genial y atónito, se ve atrapado por su particular viaje al corazón de las tinieblas. Sin concesiones moralistas, lo que emerge es algo más que una excelente película; un lúcido ejercicio que dibuja los contornos del sufrimiento." (Luis Martínez: Diario El País)

PUNTUACIÓN MEDIA **7.6**

---

1. ¿Quién dirigió la película? _____
2. ¿Quién escribió *Hombres armados*? _____
3. ¿Quién es el protagonista principal de la película? _____
4. ¿Quién hizo la banda sonora? _____
5. ¿De qué género es? _____
6. ¿De qué país es y en qué año se estrenó? _____, _____
7. ¿Ganó algún premio? Sí _____ No _____
   Si contestas que sí, ¿cuál? _____

Parte B: Lee la siguiente ficha técnica de la película *Como agua para chocolate* y contesta las preguntas que están a continuación.

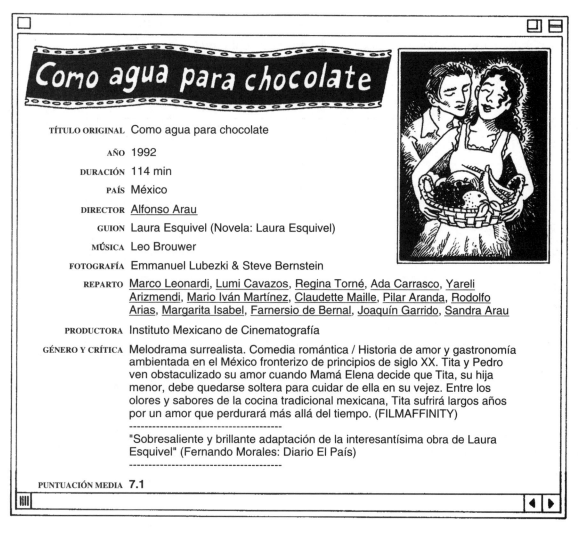

Como agua para chocolate

TÍTULO ORIGINAL Como agua para chocolate

AÑO 1992

DURACIÓN 114 min

PAÍS México

DIRECTOR Alfonso Arau

GUION Laura Esquivel (Novela: Laura Esquivel)

MÚSICA Leo Brouwer

FOTOGRAFÍA Emmanuel Lubezki & Steve Bernstein

REPARTO Marco Leonardi, Lumi Cavazos, Regina Torné, Ada Carrasco, Yareli Arizmendi, Mario Iván Martínez, Claudette Maille, Pilar Aranda, Rodolfo Arias, Margarita Isabel, Farnersio de Bernal, Joaquín Garrido, Sandra Arau

PRODUCTORA Instituto Mexicano de Cinematografía

GÉNERO Y CRÍTICA Melodrama surrealista. Comedia romántica / Historia de amor y gastronomía ambientada en el México fronterizo de principios de siglo XX. Tita y Pedro ven obstaculizado su amor cuando Mamá Elena decide que Tita, su hija menor, debe quedarse soltera para cuidar de ella en su vejez. Entre los olores y sabores de la cocina tradicional mexicana, Tita sufrirá largos años por un amor que perdurará más allá del tiempo. (FILMAFFINITY)

"Sobresaliente y brillante adaptación de la interesantísima obra de Laura Esquivel" (Fernando Morales: Diario El País)

PUNTUACIÓN MEDIA **7.1**

1. ¿Quién produjo la película? _____

2. ¿Quién la dirigió? _____

3. ¿Quién escribió *Como agua para chocolate*? _____

4. ¿Cómo se llaman los dos amantes de la película? _____ y _____

5. ¿Quién hizo la banda sonora? _____

6. ¿De qué género es? (¡Ojo! Nombra dos géneros) _____ y _____

7. ¿Dónde se filmó y en qué año se estrenó? _____, _____

8. ¿Ganó algún premio? Sí _____ No _____

    Si contestas que sí, ¿cuál o cuáles? _____

Contesta estas preguntas sobre películas para dar tu opinión.

1. Entre *Hombres armados* y *Como agua para chocolate* de la Actividad 11, ¿cuál te gustaría ver y por qué? Menciona aspectos del argumento al contestar.

   _____

   _____

   _____

2. ¿Qué película ganó el premio a la Mejor Película en los Oscars el año pasado? ¿La viste?

   _____

   _____

3. ¿Cuál fue la última película que viste? ¿De qué género es? ¿Quién la dirigió? ¿Quiénes actuaron en la película? ¿Todavía está en cartelera? Escribe una sinopsis de la película.

   _____

   _____

   _____

   _____

   _____

4. ¿Sueles bajar de Internet bandas sonoras de películas? Si contestas que sí, ¿cuál fue la última que bajaste? _____

   _____

5. ¿Te gustan más las películas taquilleras, las independientes o las extranjeras? ¿Por qué?

   _____

   _____

   _____

Alejandro tuvo un día interesante pero agitado. Di qué hizo y a qué hora lo hizo. Sigue el modelo.

→ 6:30 / levantarse

Eran las seis y media cuando se levantó.

1. 7:30 / desayunar en una cafetería

   _____

2. 8:15 / tener un accidente de tráfico

   _____

3. 9:00 / empezar su primera clase

   _____

4. 9:20 / llegar a la clase

_____

5. 10:55 / llevar el carro al mecánico

_____

6. 1:00 / divertirse con el perro de un amigo

_____

7. 3:15 / caminar a la biblioteca para estudiar

_____

8. 6:30 / asistir a una conferencia para la clase de arte

_____

9. 8:45 / cenar en casa de su madre

_____

10. 11:00 / volver caminando a su apartamento

_____

11. 11:40 / empezar a ver un programa de televisión

_____

12. 12:30 / ducharse

_____

13. 1:00 / acostarse

_____

ACTIVIDAD 14 La vida de Penélope Cruz

Escribe oraciones diciendo cuántos años tenía la actriz española Penélope Cruz cuando hizo o pasaron las siguientes cosas.

→ 5 / tomar su primera clase de baile

Tenía cinco años cuando tomó su primera clase de baile.

1. 12 / ver la película *Átame* de Pedro Almodóvar con Victoria Abril / y / decidir ser actriz para trabajar con el director _____

_____

2. 15 / recibir trabajo / televisión _____

_____

3. 15 / hacer / el video musical *La fuerza del destino* / con Mecano _____

_____

4. 17 / actuar / las películas *Jamón jamón* y *Belle époque* _____

_____

5. 23 / empezar a trabajar / con Pedro Almodóvar / la película *Carne trémula* _____

_____

6. 27 / iniciar / una relación / con Tom Cruise _____

_____

7. 27 / hacerse / un tatuaje / con los números 883 / tobillo derecho _____

8. 31 / filmar / *Sahara* / y / tener / una relación / con Matthew McConaughey _____

9. 32 / ganar $2.000.000 / como representante de L'Oreal _____

10. 34 / introducir / una línea de ropa / en España / con la hermana _____

11. 34 / ganar / el Oscar de Mejor Actriz de Reparto / la película *Vicky Cristina Barcelona*

_____

ACTIVIDAD 15 La edad

Parte A: Contesta estas preguntas sobre tu vida.

¿Cuántos años tenías cuando...

1. empezaste a ayudar con las tareas domésticas? _____

2. tus padres te dejaron en casa solo/a por primera vez? _____

3. pasaste la noche en casa de un/a amigo/a? _____

4. viste una película con una clasificación moral de *R*? _____

5. alguien te habló del sexo? _____

6. un chico o una chica te besó por primera vez? _____

7. tus padres te permitieron salir con un/a novio/a? _____

8. abriste una cuenta bancaria? _____

9. conseguiste tu primer trabajo? _____

Parte B: Ahora contesta estas preguntas.

1. En tu opinión, ¿tuviste mucha responsabilidad de joven? _____

_____

2. ¿Cuál de estas posturas vas a tomar si eres padre o madre algún día: "Es mejor dejar a los niños ser niños" o "Los niños deben aprender rápidamente cómo es el mundo—cuantas más responsabilidades mejor"? _____

_____

_____

ACTIVIDAD 16 Tu vida

Parte A: Di cuándo fue la última vez que hiciste estas actividades. Usa frases como **esta mañana, ayer, anteayer, la semana pasada, hace dos/tres semanas, el mes pasado, hace dos/tres**/etc. **meses, el año pasado, hace dos/tres**/etc. **años**.

1. ir al médico para un chequeo _____

_____

2. hacerte una limpieza de dientes _____

_____

3. ir al dentista _____

_____

4. usar hilo dental _____

_____

5. comer ensalada _____

_____

6. quemarte al sol (*get sunburned*) _____

_____

7. hacer ejercicio aeróbico _____

_____

Parte B: Contesta esta pregunta: ¿Tienes buenas costumbres o debes cambiar algo para llevar una vida más sana?

_____

_____

_____

_____

ACTIVIDAD 17 Historia

Usando las expresiones de secuencia de la primera columna y los acontecimientos de la segunda columna, da un breve resumen de la conquista española de América.

Primero	➡	Colón hablar con los Reyes Católicos sobre su viaje
8 años más tarde, en 1492	➡	Isabel decidir financiar el viaje
antes de eso	➡	los reyes haber vencido a los moros
el 12 de octubre de 1492	➡	Colón pisar tierra americana
enseguida	➡	empezar una ola de exploración
inmediatamente	➡	los clérigos llevar la palabra de Dios a los indígenas
durante más de 400 años	➡	continuar la dominación española
	➡	morir muchos indígenas a causa de guerras y enfermedades
finalmente	➡	Hispanoamérica liberarse de la colonización cuando España perder la guerra hispano-estadounidense

_____

_____

_____

_____

_____

_____

_____

_____

_____

_____

_____

_____

_____

_____

_____

_____

_____

La América precolombina

NOTE: *The 24-hour clock is used in this activity* (**17:30** = **las cinco y media**).

ACTIVIDAD 1 **Dónde y qué**

Parte A: Alfredo y Mónica se casaron el mes pasado, pero tienen un problema: ella trabaja de día y él de noche. Indica dónde estaba y qué hacía ella ayer a las siguientes horas. Sigue el modelo.

→ Ayer / 3:30 / ella / dormitorio / dormir tranquilamente

Ayer a las tres y media ella estaba en el dormitorio y dormía/estaba durmiendo tranquilamente.

1. Ayer / 8:45 / ella / carro / manejar al trabajo _____

_____

2. Ayer / 12:40 / ella / oficina / atender a un cliente _____

_____

3. Ayer / 18:30 / ella / supermercado / hacer la compra _____

_____

4. Ayer / 19:45 / ella / cocina / preparar la cena _____

_____

Parte B: Ahora indica qué estaba haciendo Alfredo mientras Mónica hacía las actividades de la Parte A.

→ Ella / dormir / él / trabajar

Mientras ella dormía/estaba durmiendo, él trabajaba/estaba trabajando.

1. Ella / manejar al trabajo / él / prepararse para dormir _____

_____

2. Ella / atender a un cliente / él / dormir _____

_____

3. Ella / hacer la compra / él / hacer ejercicio _____

_____

4. Ella / preparar la cena / él / ducharse _____

_____

Siempre hay mucho movimiento en la oficina de American Express en Caracas. Di qué estaban haciendo las siguientes personas mientras sus compañeros hacían otras actividades.

→ un cliente mandar un fax / la contadora contar el dinero

Un cliente mandaba/estaba mandando un fax mientras la contadora contaba/estaba contando el dinero.

1. la cajera vender cheques de viajero / el recepcionista contestar el teléfono _____
_____

2. un empleado comer un sándwich / su compañera preparar un informe _____
_____

3. un empleado hacer fotocopias / otro empleado calmar a un cliente histérico _____
_____

4. el director entrevistar a un posible empleado / una cliente recibir información sobre
viajes _____ _____
_____

Completa las siguientes oraciones con el imperfecto o el presente de los verbos indicados en el orden en que aparecen para describir qué hacían los otavalos antes de la llegada de los españoles y cómo es su vida hoy día.

1. Antes de la llegada de los españoles, los otavalos _____ llamas como animales de carga y todavía las _____. (usar, utilizar)

2. Antes de 1492, _____ el festival de Intiraymi todos los años. Hoy día todavía lo _____ pero, por influencia del catolicismo, también _____ procesiones en Semana Santa y _____ a la misa del gallo el 24 de diciembre a la medianoche. (celebrar, celebrar, hacer, asistir)

3. En tiempos antiguos, _____ instrumentos precolombinos de viento como la quena y la zampoña. Sin embargo, como los españoles llevaron a América instrumentos de cuerda, hoy día si vas a un concierto _____ los mismos instrumentos de viento pero con acompañamiento del charango o de la guitarra. (tocar, oír)

4. Antes de la llegada de los colonizadores, _____ sus productos en mercados al aire libre. Hoy día todavía _____ mercados, pero también _____ posible comprar sus productos típicos en Internet porque los otavalos _____ sus propias páginas Web. (vender, haber, ser, tener)

NOTE: **el domingo** = *on Sunday*

ACTIVIDAD **4** **¡Pobre Ricardo!**

Ricardo siempre tiene mala suerte, pero la semana pasada resultó ser increíblemente desastrosa. Escribe cinco oraciones sobre las cosas que le pasaron.

→ domingo: caminar a misa / un perro atacarlo

El domingo, mientras caminaba a misa, un perro lo atacó.

1. lunes: intentar sacar dinero de un cajero automático / la máquina tragarse la tarjeta

   _____

   _____

2. martes: manejar al trabajo / empezar a salir humo del motor _____

   _____

3. miércoles: subir al autobús / caerse y romperse la pierna derecha _____

   _____

4. jueves: comer en la cama del hospital / el paciente de al lado sufrir un ataque cardíaco

   _____

   _____

5. viernes: volver a casa en taxi desde el hospital / tener un accidente de tráfico y romperse la pierna izquierda _____

   _____

ACTIVIDAD **5** **El apagón (*blackout*) de Nueva York**

En el verano de 2003 hubo un apagón en la ciudad de Nueva York. Di las cosas que hacían diferentes personas cuando esto ocurrió y qué pasó como resultado.

→ algunas personas / escribir / en la computadora / perder muchos documentos

Algunas personas escribían en la computadora y perdieron muchos documentos.

1. algunas personas / bajar / en ascensores / quedarse atrapadas

   _____

   _____

2. algunas personas / mirar / una película en el cine / no poder / ver el final

   _____

   _____

3. un cirujano / operar / a un paciente / tener que conectar / el sistema eléctrico de emergencia _____

   _____

4. algunas personas / viajar / en metro / tener que tomar / el autobús

_____

_____

5. algunas personas / dormir / no saber / qué / ocurrir hasta el día siguiente

_____

_____

ACTIVIDAD 6 Trabajos de verano

Di qué trabajos hacías durante el verano cuando estabas en la escuela secundaria e indica si esos trabajos son similares a los que haces en verano ahora que estás en la universidad.

→ **Cuando estaba en la escuela secundaria, limpiaba mesas en un restaurante. Ahora soy camarero y no limpio mesas.**

cortar el césped (_lawn_)	limpiar mesas	servir helado
cuidar niños	repartir periódicos	trabajar en una gasolinera
lavar carros	ser camarero/a	¿?

_____

_____

_____

_____

_____

ACTIVIDAD 7 Recuerdos de la escuela secundaria

Contesta estas preguntas sobre tus años de secundaria.

1. ¿Qué materias te gustaban? _____

_____

2. ¿Qué materias no te gustaban? _____

_____

3. ¿Eras muy travieso/a? _____
Explica alguna travesura (_prank, antics_) que hiciste una vez.

_____

_____

4. ¿Practicabas algún deporte en equipo? _____

_____

Si contestas que sí, ¿ganaron Uds. algún campeonato o torneo?

_____

NOMBRE _____ FECHA _____

5. ¿Actuaste en alguna obra de teatro? _____
_____

Si contestas que sí, ¿qué papel hiciste y cómo se llamaba la obra de teatro?
_____

6. ¿Trabajabas fuera de la escuela? _____
_____

Si contestas que sí, ¿qué tipo de trabajo/s hacías? Describe tus responsabilidades.
_____
_____
_____

ACTIVIDAD 8 Quetzalcóatl

Completa esta historia sobre Quetzalcóatl y los granos de maíz con las formas apropiadas del pretérito o el imperfecto de los verbos que aparecen en orden en el margen.

haber
llamarse
tener
pedir
decir
bajar
decidir

_____ dos dioses en el cielo: el dios Sol y la diosa Tierra. Ellos tenían

muchos hijos, entre ellos uno que _____ Quetzalcóatl. Este hijo

_____ ganas de vivir en la tierra; por eso, un día les _____

a sus padres permiso para bajar a la tierra y sus padres le _____

que sí. Entonces, el joven Quetzalcóatl _____ del cielo a la tierra y

_____ vivir con los toltecas en lo que hoy en día es México.

admirar
poner
ser
molestar
ser
subir
rezar

Los toltecas lo _____ tanto que le _____ el título de

Sacerdote Supremo. Quetzalcóatl _____ muy feliz con ellos, pero algo le

_____ : los toltecas _____ muy pobres y el hijo de los dioses

no sabía qué hacer para ayudarlos. Entonces, todas las noches _____ a

una montaña y _____ pidiendo inspiración divina para poder hacer algo

bueno por esa gente.

dar
construir
sentirse
querer

Los dioses le _____ inspiración y Quetzalcóatl les enseñó a

los toltecas cómo obtener el oro, la plata, la esmeralda y el coral. Después él

_____ cuatro casas, cada una de uno de esos materiales. De un día a

otro los toltecas se hicieron ricos. Pero Quetzalcóatl todavía no _____

satisfecho; él _____ darles algo más útil que riquezas materiales.

CAPÍTULO 3 Workbook 47

© 2011 Cengage Learning. All Rights Reserved. May not be scanned, copied or duplicated, or posted to a publicly accessible website, in whole or in part.

estar	Una noche en la montaña mientras _____ rezando,
dormirse	
caminar	_____ y tuvo un sueño increíble. En el sueño, él _____
ver	
estar	por una montaña preciosa cubierta de flores cuando _____ un
notar	
entrar	hormiguero. A él le pareció que las hormigas _____ trabajando. De
llevar	
guardar	repente _____ que las hormigas que _____ en el hormiguero
	_____ unos granos que _____ allí.

despertarse	En ese momento del sueño el joven dios _____, _____
levantarse	
caminar	y _____ hacia una montaña preciosa cubierta de flores. Aunque no lo
esperar	
ver	_____, él _____ allí el mismo hormiguero que había visto en
	el sueño.

pedir	Les _____ ayuda a los dioses y ellos lo _____ en hormiga
convertir	
encontrar	para poder entrar al hormiguero. Una vez adentro, Quetzalcóatl _____
tomar	
llevar	los granitos blancos. Antes de salir del hormiguero, _____ cuatro
llegar	
esconder	granitos y los _____ a su pueblo. Cuando _____ a su casa, los
poner	
	_____ muy bien: los _____ en la tierra.

salir	A la mañana siguiente _____ de su casa y _____ unas
descubrir	
comprender	plantas divinas con un fruto amarillo. Así, por fin, _____ que esa planta
ser	
tener	_____ mucho más significativa que los cuatro materiales y que con esa
	planta los toltecas _____ asegurado un futuro feliz.

ACTIVIDAD 9 Reacciones

Contesta las siguientes preguntas para describir tus reacciones. Usa la palabra **cuando** en tus respuestas.

1. ¿Cuándo te aburres? _____

   _____

   Explica dónde estabas y qué pasó la última vez que estabas aburrido/a.

   _____

   _____

2. ¿Cuándo te enojas? _____

   _____

Explica dónde estabas y qué pasó la última vez que te enojaste.

_____

_____

_____

ACTIVIDAD 10 Asociaciones

Asocia a estas personas con una descripción física.

1. Tori Amos, Nicole Kidman y Carrot Top...
   a. tienen pelo canoso.   b. tienen patillas.   c. son pelirrojos.

2. Santa Claus...
   a. tiene cicatriz.   b. tiene barba.   c. es calvo.

3. Elvis...
   a. llevaba frenillos.   b. tenía patillas.   c. tenía un lunar.

4. Howie Mandel, Damon Wayans y Jason Alexander...
   a. son calvos.   b. tienen tatuajes.   c. son pelirrojos.

5. Tommy Lee y Angelina Jolie...
   a. tienen tatuajes.   b. tiene permanente.   c. tienen lunares.

6. Cindy Crawford...
   a. tiene bigotes.   b. tiene un lunar.   c. lleva frenillos.

7. Frank Sinatra...
   a. tenía ojos azules.   b. era calvo.   c. tenía un lunar.

8. Salvador Dalí...
   a. tenía bigotes.   b. tenía cicatriz.   c. tenía patillas.

Trabajas para la policía y tienes que escribir una descripción física de estas dos personas.

SE BUSCA

93725917-A

Ramón Piera Vargas

_____

Color de ojos: verde

Color de pelo: _____

Señas particulares:

_____

_____

_____

_____

_____

SE BUSCA

87442957-C

María Elena Muñoz

_____

Color de ojos: café

Color de pelo: _____

Señas particulares:

_____

_____

_____

_____

_____

ACTIVIDAD 12 ¡Descríbete!

Parte A: ¿Cómo eres? Lee esta descripción de una persona y después escribe una descripción sobre ti mismo/a.

Soy un poco calvo, pero tengo pelo rizado y largo y normalmente me hago cola de caballo. Soy pelirrojo. También tengo patillas y bigotes. Mi cara es redonda y tengo ojos azules. Tengo una cicatriz pequeña debajo de la boca. Tengo labios gruesos y llevo frenillos. ¿Qué opinas? ¿Soy atractivo?

¿Cómo eres tú?

_____

_____

_____

_____

Parte B: Escribe un párrafo describiendo a tu madre o a tu padre cuando uno de ellos tenía tu edad. (Si no sabes, puedes inventar.)

_____

_____

_____

_____

_____

_____

> **NOTE: Parecerse** *is conjugated like the verb* **conocer.**

Parte C: Basado en lo que escribiste en las Partes A y B, ¿te pareces físicamente a tu padre o a tu madre?

_____

_____

_____

ACTIVIDAD 13 La herencia

Parte A: Todos heredamos (*inherit*) ciertas características positivas de nuestros parientes. Primero, marca los tres adjetivos que te describan mejor y después di de quiénes heredaste estas características o a quién de tu familia te pareces más.

→ **Soy muy idealista y esto lo heredé de mi abuelo paterno.**

☐ acogedor/a   ☐ cariñoso/a   ☐ espontáneo/a

☐ idealista   ☐ prudente   ☐ audaz

☐ juguetón/juguetona   ☐ optimista   ☐ paciente

_____

_____

Parte B: También compartimos características negativas. Marca las dos que te describan mejor y escribe de quiénes las heredaste o quién de tu familia es más como tú.

→ **Mi tía era muy impulsiva cuando tenía mi edad y yo también soy un poco impulsiva.**

☐ atrevido/a   ☐ malhumorado/a   ☐ impulsivo/a

☐ holgazán/holgazana   ☐ pesimista   ☐ tacaño/a

☐ caprichoso/a   ☐ travieso/a   ☐ celoso/a

(*Continúa en la página siguiente.*)

_____

_____

_____

ACTIVIDAD 14 **Ser o estar**

Completa las siguientes conversaciones con el presente del indicativo o el imperfecto de **ser** o **estar**.

1. —¡RODRIGO! _____ allí?

    —Shhhhhhh, el niño _____ durmiendo.

    —¡Uaaaaa!

    —Bueno, ahora _____ despierto. ¿Qué quieres?

2. —Claudia _____ enferma. Tiene fiebre, tos y le duele todo el cuerpo.

    —Debe tomar jugo de naranja y acostarse.

    —Es verdad, el jugo de naranja _____ muy bueno. Tú
    _____ muy listo.

3. —Ayer vi un accidente horrible: un carro atropelló un perro.

    —¿Qué le pasó al perro?

    —_____ vivo, pero sangraba un poco. Creo que va a estar bien.

    —¿Y el conductor del carro?

    —El conductor _____ muy nervioso. Llevó inmediatamente el perro a un veterinario.

4. —¡Cuidado señora! ... ¡Señora cuidado! ... ¡SEÑORA!

    —¿Ud. me está hablando?

    —Sí.

    —Es que _____ sorda, pero si me mira cuando habla le puedo entender perfectamente bien.

5. —Mi nieto _____ muy impaciente. Si llegas con cinco minutos de retraso, se pone de mal humor.

    —¡Uy! Vaya problema para tu hija que no _____ nada puntual.

6. —¿Qué tal tu ensalada?

    —_____ buenísima. ¿Y tu gazpacho?

    —Muy rico, pero _____ un poco frío.

    —Pero hombre, el gazpacho _____ una sopa fría. No se toma caliente nunca.

ACTIVIDAD 15 **La suplente**

Marcela, una maestra suplente (_substitute teacher_), le deja una nota a un maestro sobre la clase que ella enseñó ayer. Completa la nota usando el imperfecto y el presente del indicativo de **ser** o **estar**.

Daniel:

Tienes unos estudiantes muy simpáticos y disfruté de tu clase. Realmente los estudiantes

_____ (1) listos y _____ (2) bastante activos: Carlitos Rivera

_____ (3) un niño muy alegre. Hay algunos estudiantes que _____

(4) bastante traviesos y hay unos cuantos que _____ (5) holgazanes.

Ayer Susana _____ (6) muy enojada y nunca entendí por qué. No quiso

hablar en toda la clase. Y Marcos, que yo sé que _____ (7) bueno, ayer

_____ (8) muy juguetón. Por supuesto _____ (9) sorprendidos

porque tú no fuiste a clase y porque _____ (10) enfermo. ¡Qué buen grupo

tienes! Yo _____ (11) muy contenta por haber tenido esa oportunidad,

pero tus alumnos te extrañan; _____ (12) muy acostumbrados a tu estilo de

enseñar. Espero que te recuperes pronto.

Saludos,

Marcela

ACTIVIDAD **16** **Problema tras problema**

Hoy es un mal día para ti. Completa las siguientes oraciones con el participio pasivo de estos verbos: **abrir, descomponer, deshacer, disponer, preparar, resolver**. No repitas ningún verbo.

1. La cama está _____ .
2. El televisor está _____ .
3. Los problemas con tu compañero no están _____ .
4. La puerta de la lavadora está _____ y no se puede cerrar.
5. No puedes terminar tu proyecto y tu jefe no está _____ a oír excusas.
6. Dentro de cinco minutos llegan dos invitados para comer y la comida no está

_____ .

ACTIVIDAD **17** **La tienda**

Tus padres tienen una tienda de regalos y trabajan mucho para ganar dinero. Transforma estas oraciones usando **estar** + *participio pasivo* en vez de las palabras en negrita. Haz todos los cambios necesarios para formar oraciones lógicas.

→ Mis padres **se cansan** cuando trabajan en la tienda.

Mis padres están cansados cuando trabajan en la tienda.

(Continúa en la página siguiente.)

1. Mis padres siempre **se frustran** por los problemas de la tienda.

   _____

2. Mi padre siempre **se viste** bien.

   _____

3. Ellos **abren** la tienda los domingos por la mañana.

   _____

4. **Cierran** la tienda los domingos por la tarde.

   _____

5. **Ponen** las cosas más caras cerca de la puerta.

   _____

6. La computadora siempre **se rompe** y causa problemas.

   _____

7. Mis padres **envuelven** los regalos en papel con el logotipo de la tienda.

   _____

ACTIVIDAD 18 El día de Reyes

La familia de Tomás tiene buen sentido del humor, y para el 6 de enero (el día de Reyes), ellos siempre reciben y dan regalos raros. Completa este párrafo de Tomás con pronombres de complemento indirecto (**me, te, le, nos, os, les**).

Todos los años mis padres _____ (1) dan unos regalos ridículos a mis hermanos y a mí. Este año, mis padres _____ (2) mandaron un huevo, una papa y una cebolla por FedEx a mi hermano Marco, que ahora estudia en Stanford en los Estados Unidos. Marco _____ (3) había dicho en un mail a nosotros que echaba de menos la tortilla española. A mi hermana, yo _____ (4) compré comida para perros porque ella _____ (5) había dicho que nuestro perro era el que mejor vivía de la familia. Y a mí, mis padres _____ (6) regalaron un disco de Barry Manilow porque un día _____ (7) comenté que la música de hoy es mejor que la música de los años 70. Entre todos los hermanos _____ (8) dimos a nuestros padres dos entradas para la ópera. Odian la ópera, pero siempre _____ (9) dicen que no salen lo suficiente y necesitan más vida cultural. Pero el mejor regalo fue el que recibimos de mis abuelos paternos: _____ (10) mandaron un libro con el título *Regalos perfectos para la persona que lo tiene todo*.

> *NOTE:* regalarle algo = hacerle un regalo

ACTIVIDAD 19 ¡Qué absurdo!

Contesta estas preguntas sobre los regalos.

1. ¿A quiénes les haces regalos y para qué ocasiones? _____

_____

2. ¿Quién te dio el regalo más ridículo que recibiste y qué era? _____

_____

3. ¿Cuál fue el regalo más tonto que compraste? ¿A quién le diste ese regalo? ¿Cómo reaccionó al abrirlo? _____

_____

_____

4. ¿Alguno de tus parientes tiene mal gusto? ¿Te regala ropa? _____

Si contestas que sí, describe la última prenda que te regaló. _____

_____

_____

> *NOTE: This activity summarizes accounts from* Me llamo Rigoberta Menchú y así me nació la conciencia, *a book written in 1992. Some people challenge the truthfulness of these accounts, but no one questions the barbarities that were suffered by the Quichés in Guatemala.*

ACTIVIDAD 20 Rigoberta Menchú

Completa esta descripción de la vida de Rigoberta Menchú. Usa el pretérito o el imperfecto de los verbos que están en orden en el margen.

nacer
ser
ser
trabajar
recoger

Rigoberta Menchú _____ en un pueblo en las montañas de

Guatemala, el cual _____ totalmente inaccesible excepto a pie o a

caballo. Ella es quiché, uno de los 22 grupos indígenas de Guatemala. Los quiché

hablan su propio idioma y no el español de los blancos y los mestizos. Cuando

_____ niña, su familia _____ ocho meses del

año en las fincas de café lejos de su pueblo natal. Ellos _____ café

exportar	para los dueños ricos que lo _____ a otros países. Los Menchú
cultivar	
pagar	pasaban los otros cuatro meses en su pueblo donde _____ maíz y
ser	
tratar	frijoles en una tierra poco fértil. Los dueños de las fincas les _____
morirse	
	poco y las condiciones de trabajo y vivienda _____ horribles.

Los _____ casi como animales. Uno de sus hermanos

_____ de hambre y otro de intoxicación, probablemente por

algún insecticida en las plantas.

tener	Cuando Rigoberta _____ doce años, los curas católicos
elegir	
tener	_____ a esta adolescente para que ella le enseñara la palabra de
irse	
empezar	Dios a su gente pues ella _____ un gran talento e inteligencia.
controlar	

Unos años después, _____ a la ciudad para trabajar limpiando las

casas de los ricos. Allí _____ a aprender el español que más tarde

llegó a ser su arma contra los mestizos y los blancos que _____ el

país.

comenzar	Los problemas iban de mal en peor para su gente. Con la intención de

ayudarla, la familia Menchú _____ a participar en organizaciones

políticas.

empezar	Los soldados _____ a llegar a su región y poco a poco la
llamar	

desaparición de personas llegó a ser un acontecimiento casi diario. Los soldados

y el gobierno _____ subversivos y comunistas a los quichés, pero

según Rigoberta, ellos solo querían parar el genocidio y buscar una manera de

convivir en paz.

arrestar	Los soldados _____ y luego torturaron a un hermano de
mirar	
tener	Rigoberta por 16 días antes de quemarlo en público mientras su familia y otros
morir	
matar	de la zona _____ aterrorizados. Él solo _____
dar	

16 años. Su padre también _____ de manera muy violenta en una

protesta en la capital. Más tarde los soldados raptaron y _____ a

su madre y les _____ el cadáver a los perros.

estar
irse
empezar
reconocer
ganar

Al final, Menchú tuvo que salir de Guatemala porque los soldados

la _____ buscando y ella creía que la iba a matar. Por

eso _____ a México donde _____ a

contarle su historia al mundo y llegó a ser uno de los líderes de su gente. La

_____ mundialmente en 1992 cuando _____ el

Premio Nobel de la Paz por su trabajo y lucha por su pueblo.

ACTIVIDAD **21** **¿Y tú?**

Como aprendiste al hacer la Actividad 20, la vida de los quichés en Guatemala fue increíblemente dura. Contesta estas preguntas sobre tu vida y lo que hace tu universidad para ayudar a otros menos afortunados.

1. ¿Hacías, hiciste o haces algo en este momento para ayudar a otras personas? Si no, ¿te gustaría hacer algo? Explica tu respuesta.

   _____

   _____

   _____

   _____

2. ¿Qué programas existen a través de tu universidad para trabajar como voluntario/a en la comunidad u otros lugares? Si no sabes, busca en la página Web de tu universidad.

   _____

   _____

   _____

   _____

Llegan los inmigrantes

CAPÍTULO **4**

ACTIVIDAD 1 Los inmigrantes

Completa los espacios con las palabras apropiadas.

1. El padre de tu abuelo es tu _____ .
2. Un individuo que tiene padre negro y madre blanca es _____ .
3. Un individuo que tiene sangre indígena y europea es _____ .
4. Un individuo que va a vivir en otro país de forma permanente es un

   _____ .
5. Un individuo que no puede vivir en su país por razones políticas es un

   _____ .

ACTIVIDAD 2 Vida nueva en Canadá

Lee este párrafo sobre un muchacho y su prima que van a vivir a Canadá y complétalo con la forma apropiada de palabras relacionadas con la inmigración.

Ir a vivir a otro país no es fácil, pero a veces se hace más fácil cuando te reciben bien, es decir, cuando la cultura a la que vas te recibe con los brazos _____ (1). Yo soy _____ (2) de Paraguay y, por suerte, hablaba inglés bastante bien cuando _____ (3) a Canadá, en cambio, mi prima no. A veces cuando ella hablaba y la gente tenía problemas para entenderla, le dejaban de hablar y entonces ella se sentía _____ (4) y pensaba que nunca iba a ser aceptada en su nuevo país. Ella era una persona _____ (5) ya que no solo había terminado la secundaria sino que también tenía _____ (6) universitario. Nosotros dejamos nuestro país para vivir en el _____ (7) porque no podíamos expresar nuestras ideas con _____ (8) y no queríamos seguir viviendo de esa manera. Tampoco eran buenas las oportunidades laborales que había en nuestro país y por eso decidimos ir en busca de nuevos _____ (9).

ACTIVIDAD 3 Tus antepasados

Contesta estas preguntas sobre tu familia.

1. ¿Cuál es el origen étnico de tu familia? _____

   _____

2. ¿En más o menos qué año y de qué país o países vinieron tus antepasados al emigrar de su país a este país? _____

_____

Si eres de origen indígena, ¿tienes también antepasados de otras partes del mundo? Si contestas que sí, ¿de dónde? _____

_____

3. ¿Sabes por qué vinieron? ¿Tenían pocos recursos económicos? ¿Buscaban nuevos horizontes, libertad política o libertad religiosa? _____

_____

_____

4. ¿Fueron discriminados tus antepasados? Si contestas que sí, ¿continúa esta discriminación hoy día? _____

_____

ACTIVIDAD 4 En el metro

Estás en el metro y solo oyes partes de una conversación a tu lado. Termina esta conversación con el pretérito o el imperfecto de los verbos indicados.

1. —Ayer _____ ir al dentista. (tener que)

—¡Uy! ¿Te dolió mucho? ¿Te puso anestesia?

2. —El dentista iba a extraerme un diente, pero no _____ porque no me hizo efecto la anestesia. (poder)

—¿Y entonces qué vas a hacer?

3. —_____ a mi dentista en una manifestación. (conocer)

—Pero ¿cómo que en una manifestación?

—Sí, le preocupa mucho el bienestar de la gente pobre.

—Ah, yo no _____ que por eso él te caía tan bien. (saber)

4. —Yo _____ a ir a la manifestación, pero al final decidí no ir. Pero sí firmé unas cuantas peticiones electrónicas por Internet. (ir)

ACTIVIDAD 5 Intenciones

Escribe qué iban a hacer las siguientes personas la semana pasada y qué hicieron en vez de hacer esas actividades.

→ Jesús / cenar con sus padres / trabajar por un amigo

Jesús iba a cenar con sus padres, pero trabajó por un amigo.

1. Víctor / pagar la factura de teléfono / navegar por Internet

_____

_____

2. Tú / hacer un trabajo escrito / ver un partido de fútbol

_____

_____

3. Yo / reunirse con un profesor / charlar con amigos en la cafetería

_____

_____

4. Nosotros / hacer investigación en la biblioteca / jugar al póker

_____

_____

5. Marta / solicitar un trabajo / ir de compras

_____

_____

6. Natalia / visitar a sus padres / pasar el fin de semana en otra ciudad

_____

_____

ACTIVIDAD 6 La familia de Pablo

En el libro de texto, leíste sobre la historia del padre de Pablo y su emigración de España a Argentina. Termina estos párrafos, que recuenta Pablo sobre la historia, con el pretérito o el imperfecto de los verbos que se presentan.

Mis abuelos ya _____ (1. tener) siete hijos cuando _____ (2. decidir) salir de España para hacerse la América. La familia _____ (3. viajar) cuarenta días en barco —la hija más pequeña solo _____ (4. tener) un añito cuando ellos _____ (5. llegar) a Argentina. Mis abuelos no _____ (6. saber) qué les esperaba en ese país nuevo, pero _____ (7. esperar) tener muchas oportunidades.

No _____ (8. conocer) a nadie en Buenos Aires antes de llegar, pero por suerte, pronto mi abuelo _____ (9. conocer) a otro español que los _____ (10. ayudar) y así _____ (11. poder) encontrar un lugar donde vivir. Pero, poco después de llegar _____ (12. ocurrir) una tragedia: _____ (13. morirse) mi abuela y mi abuelo _____ (14. tener) que criar a los siete hijos solo. Mi abuelo no _____ (15. saber) cómo hacer para trabajar y criar a sus hijos, entonces al final _____ (16. tener) que poner a sus hijas en un internado de monjas y a los hijos en un internado de curas. Él no _____ (17. querer) hacer esto, pero no _____ (18. poder) trabajar y cuidar a tantos hijos a la vez. Al principio los niños _____ (19. protestar) porque no _____ (20. querer) ir a un internado, pero finalmente _____ (21. tener) que aceptarlo. Al morirse mi abuela, mi padre

_____ (22. tener) solo dos años y él y su hermana menor no _____ (23. asistir) a la escuela al principio porque _____ (24. ser) demasiado pequeños. Por eso _____ (25. quedarse) en casa con su padre hasta que _____ (26. empezar) la escuela a los seis años.

ACTIVIDAD 7 El choque cultural

Parte A: Hay cuatro etapas en lo que se llama el "choque cultural" por las cuales generalmente pasa una persona cuando va a vivir a otro país. Pon estas etapas en orden numérico. (Si es necesario, consulta el *¿Lo sabían?* de la página 111 en el libro de texto.)

a. _____ Aceptación: acepta las diferencias y se adapta.

b. _____ Luna de miel: se siente encantado con el lugar y todo le resulta novedoso y atractivo.

c. _____ Integración: se comporta como las otras personas del país.

d. _____ Rechazo: rechaza todo lo relacionado con la nueva cultura, sale poco y se aísla.

Parte B: A veces, cuando un estudiante empieza la universidad pasa por las diferentes etapas de choque cultural. Termina este párrafo con las siguientes frases: **lo que, lo bueno, lo interesante, lo nuevo, lo positivo, lo triste**. Puedes usar las frases más de una vez.

Cuando muchos estudiantes empiezan su carrera universitaria entran en una cultura nueva. Al principio, _____ (1) les llama la atención es la libertad que tienen, y todo _____ (2) es fantástico. Un bar nuevo, un amigo nuevo, un profesor nuevo, todo es nuevo y todo es fabuloso. Pero poco a poco esto cambia y el profesor nuevo hace un comentario político que no les gusta; el amigo nuevo les parece cada día más y más esnob; el compañero de cuarto escucha música diferente de la suya, etc. Resulta que _____ (3) no es tan fantástico como pensaban los estudiantes al llegar. Al darse cuenta de eso, muchos entran en la segunda fase, cuando todo les molesta. No suelen salir mucho, prefieren estar solos que con amigos. _____ (4) es que algunas personas se quedan en esta etapa y nunca cambian de opinión. A veces hasta dejan la universidad y vuelven a su ciudad o cambian de universidad. Pero, _____ (5) es que para la mayoría no es así. _____ (6) antes les molestaba, ahora les parece algo que tienen que aceptar. _____ (7) es que cuando dejan de criticar, empiezan a aceptar las diferencias. Algunas personas entran en la cuarta etapa y hasta empiezan a imitar o a hacer exactamente _____ (8) criticaban antes y se convierten en parte de la misma cultura que antes rechazaban.

ACTIVIDAD 8 La mala suerte

Pamela y Mauricio se fueron de vacaciones, pero el viaje empezó mal porque les ocurrieron muchas cosas. Completa la historia de lo que les pasó accidentalmente usando la construcción **se me/te/le**/etc. + *verbo*.

¡Qué mal empezó el viaje! Primero llegamos tarde al aeropuerto porque al carro de mi prima

Patricia _____ (1. acabar) la gasolina. Bueno, estábamos a dos cuadras de la

gasolinera así que no nos retrasamos tanto tiempo, pero luego cuando bajábamos las maletas

en el aeropuerto, a mí _____ (2. abrir) una de las maletas y _____

(3. caer) todas las cosas que tenía adentro. Tuvimos que poner todo adentro rápidamente, como

podíamos. Luego fuimos a facturar las maletas y Mauricio no encontraba los pasaportes por

ninguna parte. ¿Y por qué? Porque _____ (4. olvidar) los pasaportes en el carro

de mi prima. Yo lo quería matar, pero por suerte, llamamos a mi prima y los trajo de inmediato.

Por último, cuando estábamos por pasar el control de seguridad, a mí _____

(5. perder) la tarjeta de embarque del vuelo y no me querían dejar pasar. Iba a perder el avión

cuando un pasajero la encontró en el piso y me la dio. Subimos al avión después de todas estas

desventuras, exhaustos de los nervios que habíamos pasado.

ACTIVIDAD **9** **Un día terrible**

Para cada situación escribe una oración para indicar qué pasó usando la construcción **se me/te/le**/etc. + *verbo* si lo que ocurrió no fue intencional.

Alfredo y Lorenzo manejar a la playa /
descomponerse el carro

1. _____

_____

Ángela enojarse con su novio /
quemar todas sus fotos

2. _____

_____

3. Francisco lavarse las manos en el baño de una gasolinera / olvidarse el anillo de matrimonio

_____

_____

ACTIVIDAD 10 **Mi madre**

Lee la siguiente descripción que escribió una hija sobre su madre. Después escribe dos párrafos parecidos sobre tu madre o tu padre. En el primero cuenta qué hacía durante una época de su vida. En el segundo, explica qué hace ahora.

Cuando mi madre tenía 25 años, vivía en Santiago de Chile. Tenía un trabajo sumamente interesante: trabajaba para la Organización de Estados Americanos (OEA). Por lo tanto, con frecuencia hacía viajes a Nueva York y a Washington para asistir a reuniones con otros representantes de diferentes partes del continente. Aprovechaba estos viajes para ir al teatro y para comprar libros en inglés. Todos los días en Santiago estudiaba inglés y dos veces por semana se reunía con un profesor particular para aclarar sus dudas.

Mi madre ya no trabaja para la OEA. Ahora es traductora de libros y suele traducir obras literarias del inglés al español. Está muy contenta con su nuevo empleo y estoy muy orgullosa de mi madre.

_____

_____

_____

_____

_____

_____

_____

_____

_____

_____

_____

_____

_____

_____

> **NOTE:** *You can use* **era/n** + time *or simply* **a la/s** + time *to say when something occurred:*
> **Eran las diez cuando empezó la película. / La película empezó a las diez.**

ACTIVIDAD 11 **El hijo del general**

Ayer raptaron (*kidnapped*) al hijo de un general y hoy apareció la noticia en el periódico.

Completa el artículo con el pretérito o el imperfecto de los verbos que se presentan.

El Diario

Jueves doce de marzo de dos mil diez

DESAPARECIDO: HIJO DE UN GENERAL

La policía busca a Nuria Peña y a Pepe Cabrales por raptar al hijo del general Gabriel Montes y por matar a su empleada doméstica Rosita López.

Asunción—Según la investigación de la policía _____ (1. ser) las 10:35 del lunes cuando

Nuria Peña _____ (2. llegar) a esta ciudad y _____ (3. ir) directamente al

hotel Los Galgos. A las 11:31 _____ (4. llegar) al hotel y, según dijo el recepcionista,

ella _____ (5. estar) muy nerviosa, _____ (6. pedir) una habitación en un piso

alto y _____ (7. tener) que pagar en efectivo porque no _____ (8. tener) tarjeta

de crédito. Luego, mientras ella _____ (9. estar) en la habitación y _____ (10.

sacar) la ropa de la maleta, _____ (11. llamar) a Pepe Cabrales, a quien ya _____

(12. conocer) muy bien. Los dos _____ (13. decidir) reunirse más tarde para comer.

_____ (14. ser) las 4:00 cuando Peña _____ (15. depositar) un cheque de

Cabrales por $100.000 en un cajero automático del banco en la esquina del hotel.

    Al día siguiente Peña _____ (16. alquilar) un carro que _____ (17.

ser) negro y muy grande, _____ (18. recoger) a Cabrales por su casa y luego ellos

_____ (19. dirigirse) a un parque donde, de forma muy inocente, _____ (20.

acercarse) a un niño que _____ (21. tener) unos 10 años y que ellos _____

(22. saber) muy bien quién era. Era el hijo del general Montes. Mientras Peña _____

(23. jugar) con el niño, Cabrales le _____ (24. tirar) la pelota a su perro. Luego los dos

_____ (25. seguir) al niño y a su perro a la casa del general, y _____ (26. hablar)

en la puerta con Rosita López, la mujer de la limpieza.

_____ (27. ser) la 1:20 del miércoles cuando el general _____ (28. pensar)

que algo no _____ (29. estar) bien. Entonces_____ (30. llamar) a su casa y

cuando Rosita López _____ (31. contestar) el teléfono, él _____ (32. oír) disparos

de un rifle. Alguien _____ (33. raptar) al hijo del general, el perro _____ (34.

morder) a Peña y Rosita López _____ (35. morir) instantáneamente. Dos detectives

_____ (36. saber) la identidad de los acusados cuando _____ (37. encontrar) la

llave del hotel Los Galgos y _____ (38. empezar) la búsqueda de los presuntos criminales.

> **NOTE:** *Use the imperfect to describe what people looked like and what they were wearing. Also use the imperfect to state age:* **Tenía más o menos 35 años**.

ACTIVIDAD [12] **¿Cómo eran?**

Tú lo viste todo y fuiste a la policía para darle una descripción de Nuria Peña y Pepe Cabrales.
Escribe lo que les dijiste.

_____   _____
_____   _____
_____   _____
_____   _____
_____   _____
_____   _____

> **NOTE:** *Use the imperfect for two simultaneous past actions. Also use the imperfect for a past action in progress, but use the preterit for an action that interrupted another action.*

ACTIVIDAD 13 ¿Qué hizo?

Narra lo que pasó en las siguientes escenas con Paco y su perro.

1. Mientras el perro dormir /
Paco mirar televisión

_____

_____

2. Cuando él salir de la sala /
el perro subir al sofá

_____

_____

3. Mientras él freír huevos / el perro ver un gato y empezar a ladrar (*bark*). Cuando Paco oír el ruido / salir de la cocina

_____

_____

_____

4.   Mientras él arreglar el sofá / y / castigar
al perro / quemarse los huevos

_____

_____

_____

ACTIVIDAD `14` **¿Cómo ha vivido estos años?**

Hace muchos años que la madre de Guadalupe vive en los Estados Unidos y Ramón le hace preguntas sobre la vida de su madre. Completa las preguntas y respuestas con el pretérito perfecto de los verbos que se presentan.

1. —Sé que tu madre vive aquí hace mucho ¿Ya _____ _____ _____
   ciudadana? (hacerse)
   —No, todavía no. Pero, creo que quiere hacerse ciudadana pronto. Siente orgullo de ser
   parte de este país.

2. —Y en todos estos años desde que llegó aquí, ¿ _____ _____ a gente que conocía
   en Oaxaca? (ver)
   —Uy, sí. Mis padres _____ _____ a mucha gente que conocían en Oaxaca. (ver)

3. —¿Y ella _____ _____ nostalgia de su ciudad? (sentir)
   —Muchas veces. Sobre todo de caminar por sus calles, del tianguis y de la comida.

4. —¿Alguna vez _____ _____ una mala experiencia en este país? (vivir)
   —Sí, y no solo ella. Yo también. Las dos _____ _____ _____ rechazadas
   muchas veces. (sentirse)

5. —Cuánto lo siento. ¿Y Uds. _____ _____ prejuicios contra alguien en particular
   que las haya tratado mal? (tener)
   —Bueno, mi madre es una persona bastante objetiva y no hace juicios de la gente, por
   suerte. En cambio, yo no y eso me _____ _____ (traer) muchos problemas.

ACTIVIDAD `15` **La familia de Mariano**

Completa las conversaciones con el pretérito perfecto, el pretérito o el imperfecto de los verbos
que se presentan.

1. —¿Alguna vez _____ _____ (ir) al pueblo donde creció tu madre?
   —Sí, mi hermano y yo_____ (hacer) un viaje el verano pasado. Su casa ya no

está, pero vimos una foto. _____ (ser) muy pequeña, pero _____ (tener) muchas ventanas.

2. —_____ _____ (conocer) tú a la mejor amiga de tu madre de la escuela secundaria?

—Sí, hace dos años la _____ (ver) en Bogotá. Me _____ (caer) súper bien porque _____ (ser) muy divertida.

3. —¿Tu padre te _____ _____ (mostrar) fotos de tu abuela cuando era niña?

—Sí, tiene muchas fotos. Parece que de joven, mi abuela _____ (ser) muy activa. _____ (montar) en bicicleta en el verano, _____ (jugar) al tenis y _____ (esquiar) en el invierno. Una vez, _____ (ganar) un premio en esquí nórdico. Todavía tenemos el trofeo.

4. —¿Tu padre te _____ _____ (decir) alguna vez algo sobre tu abuelo?

—¡Claro que sí! _____ (asistir) a la Universidad de las Américas. Parece que _____ (ser) muy inteligente, pero que no _____ (estudiar) mucho. Después de graduarse, _____ (abrir) su primera panadería llamada "Al pan pan" y el pan que _____ (hacer) _____ (ser) tan delicioso que cuando mi abuelo _____ (morirse), _____ (haber) más de 230 panaderías de la familia en todo el país.

ACTIVIDAD 16 ¿Cómo ha sido tu semana?

Completa las siguientes preguntas y respuestas para hablar de esta semana y contar si ha sido estresante para ti o no. Usa el pretérito perfecto y, si es posible, también la construcción **se me/te/le**/etc. + *verbo*.

1. ¿ _____ _____ tú muy estresado/a esta semana? (estar)

_____

2. ¿ _____ te _____ _____ la computadora a ti ? (descomponer)

_____

3. ¿ _____ te _____ _____ las llaves de tu casa en alguna parte? (olvidar)

_____

4. ¿ _____ _____ tú una cosa que lamentas? (hacer)

_____

ACTIVIDAD 17 Inventa una historia

Selecciona información de las listas que se presentan y agrega (*add*) cualquier información que necesites para inventar una historia sobre algo que hicieron tú y tus amigos.

Ayer nevaba y hacía mucho frío. Mis amigos y yo fuimos a un partido de fútbol en el estadio de la universidad...

Cuándo
el sábado por la noche; el domingo al mediodía; ayer; el día de San Valentín

Tiempo
hacer frío / fresco / calor; ser un día de sol; nevar; llover

Con quién
un/a amigo/a; una profesora; unos amigos; un pariente

Adónde
a una fiesta; a un partido de fútbol; a un restaurante; a un teatro

Descripción
(no) haber mucha gente; elegante; tener asientos incómodos; haber mucho ruido

Qué pasó
empezar una pelea; ocurrir un delito (*crime*); conocer a alguien; ganar / perder algo

Cómo lo pasaron
terrible; regular; fantástico; (no) divertirse

Por qué
¿?

_____

_____

_____

_____

_____

_____

_____

_____

_____

_____

_____

_____

_____

_____

_____

_____

_____

_____

_____

_____

Los Estados Unidos: Sabrosa fusión de culturas

ACTIVIDAD 1 Deseos

Completa la siguiente conversación que tuvo lugar en la cafetería de una empresa. Usa el infinitivo o el presente del subjuntivo.

Juan: Mi jefe quiere que yo _____ por lo menos dos meses al año. (viajar)

Laura: Eso no es nada. La compañía insiste en que Pepe y yo _____ a la Patagonia para hacer estudios biológicos durante dos años. Nosotros preferimos que _____ a alguien nuevo para hacerlo. No queremos _____ allí. (mudarnos, emplear, vivir)

Juan: Pues, les recomiendo que _____ otro trabajo porque si la compañía quiere algo, lo consigue. (buscar)

Laura: ¿Por qué no hablamos de otro tema? ¿Qué me sugieres que _____ para comer? (pedir)

Juan: Dicen que el pollo asado es muy bueno aquí, pero yo prefiero _____ algo más ligero (*light*), como una ensalada. (pedir)

Laura: Es mejor que _____ bien porque esta tarde tenemos tres horas seguidas de reuniones aburridas. (almorzar)

Juan: Es verdad. No quiero que el estómago _____ ruidos raros delante de los clientes. (hacer)

Laura: Como dicen, es importante _____ una buena imagen. (presentar)

ACTIVIDAD 2 ¿Aconsejable o no?

Tienes un amigo que va a pasar tres meses en la selva amazónica trabajando. Dale consejos para el viaje usando el infinitivo o el presente del subjuntivo.

1. Es importante que tú _____ el pasaporte con un mes de anticipación. (sacar)

2. Te aconsejo que _____ si necesitas darte alguna vacuna (*vaccination*) antes del viaje. (averiguar)

3. Te recomiendo que _____ ropa ligera pero fácil de lavar. (comprar)

4. Te ruego que _____ cuidado con los animales porque no los conoces y pueden ser peligrosos. (tener)

5. Es importante _____ qué plantas se pueden comer porque algunas pueden ser venenosas. (saber)

ACTIVIDAD 3 Los deseos para el Año Nuevo

Completa los deseos de Lorenzo Dávila para el Año Nuevo usando el infinitivo o el presente del subjuntivo de los verbos que se presentan.

Yo espero que este año me _____ (1. traer) experiencias nuevas. Es importante que _____ (2. conseguir) un trabajo nuevo y es preciso que yo _____ (3. trabajar) en una ciudad con una vida cultural interesante y estimulante. Digo esto porque quiero _____ (4. tener) la oportunidad de actuar en un teatro en mi tiempo libre. No es importante que _____ (5. actuar) en un teatro profesional. Es bueno que _____ (6. ganar) dinero en mi trabajo y también que _____ (7. divertirse) fuera de la oficina.

> **NOTE:** *Use an infinitive if there is no change of subject and* **que** *is not present.*

ACTIVIDAD 4 Tus deseos

Escribe tus deseos para el año que viene. Usa expresiones como **es necesario (que), quiero (que), espero (que), es mejor (que)**.

_____

_____

_____

_____

_____

ACTIVIDAD 5 Los padres helicópteros

Hoy día en los Estados Unidos se habla de los padres "helicópteros", pero últimamente se ve este fenómeno en el mundo hispano también. Termina estas oraciones con el infinitivo, el presente del indicativo o el presente del subjuntivo y luego marca si la oración describe o no a los padres helicópteros.

1. Les exigen a los profesores que _____ contacto constante con ellos sobre el progreso de sus hijos. (mantener)

   Padres helicópteros: _____ Sí _____ No

---

2. Quieren que los profesores siempre les _____ notas excelentes a sus hijos. (dar)

Padres helicópteros: _____ Sí _____ No

3. Esperan que sus hijos _____ las consecuencias de sus actos y, por eso nunca

_____ si el hijo hace algo que no debe en la escuela. (saber, meterse)

Padres helicópteros: _____ Sí _____ No

4. Para ellos, es muy importante _____ a sus hijos a toda costa. No quieren que sus

hijos _____ nunca. (proteger, sufrir)

Padres helicópteros: _____ Sí _____ No

5. Saben que los padres tienen que _____ a sus hijos tomar sus propias decisiones a

veces con consecuencias positivas y otras veces negativas. (dejar)

Padres helicópteros: _____ Sí _____ No

6. No respetan a sus hijos como adultos, por eso hasta llaman o escriben mails a sus

profesores de la universidad pidiéndoles que _____ un trabajo de su hijo

pasada la fecha de entrega, que les _____ las notas o que no _____ las

ausencias cuando han tenido que asistir a una reunión familiar. (aceptar, subir, contar)

Padres helicópteros: _____ Sí _____ No

ACTIVIDAD 6 Consejos

Parte A: La universidad te pidió hacer una presentación a un grupo de jóvenes de 17 años que
va a asistir a tu universidad el año que viene. En la presentación debes incluir una lista de los
cinco mejores consejos para tener éxito en la vida académica.

1. Es importante que Uds. _____

_____

2. Es buena idea _____

_____

3. Les recomiendo que _____

_____

4. Les aconsejo que _____

_____

5. Sugiero que _____

_____

Parte B: Ahora, tienes que hacer otra lista para el mismo grupo de futuros estudiantes con
cinco consejos para tener una vida social activa e interesante.

1. Es necesario que Uds. _____

_____

2. Es necesario _____

_____

3. No quiero que Uds. _____

_____

4. Es importante que _____

_____

5. Les aconsejo que no _____

_____

ACTIVIDAD 7 **La persona perfecta**

Parte A: Todos estamos en busca de nuestra "media naranja" (*perfect mate*). Mira la lista y marca las ideas que describan a tu pareja ideal. Añade algo más al final si quieres.

☐ tener buen sentido del humor

☐ gustarle la misma música que a mí

☐ tener amigos simpáticos

☐ respetar mi punto de vista

☐ ser religioso/a

☐ querer vivir en una ciudad

☐ no fumar

☐ saber cocinar bien

☐ _____

☐ no mirar televisión a toda hora

☐ divertirse haciendo cosas simples

☐ vestirse bien

☐ compartir mis opiniones políticas

☐ tocar un instrumento musical

☐ querer vivir en el campo

☐ no consumir drogas

☐ ser atractivo/a

☐ _____

NOTE: pareja = *partner, significant other (feminine even if referring to a man)*

Parte B: Ahora, forma oraciones con las ideas que marcaste en la Parte A para describir a tu pareja perfecta. Usa frases como **es importante que, es preferible que, es necesario que, es mejor que, quiero que, espero que, insisto en que.**

→ **Para mí, es importante que mi pareja respete mi punto de vista porque**...

_____

_____

_____

_____

_____

_____

_____

ACTIVIDAD 8 Lo que oyen los niños

Los padres siempre les dan instrucciones y órdenes a sus hijos. Muchas veces empiezan pidiéndoles que hagan algo y después lo repiten de una forma más dura cuando los niños no responden enseguida. Convierte las oraciones de la primera columna en oraciones más duras. Sigue el modelo.

→ Debes hacer la tarea ahora. **Te digo que hagas la tarea ahora**.

1. Debes hacer la cama. _____
   _____

2. ¿Puedes bajar el volumen un poco? _____
   _____

3. Uds. no deben molestar al perro. _____
   _____

4. Tienen que limpiar el baño. _____
   _____

5. No debes pegarle a tu hermano. _____
   _____

6. Tienen que sacar la basura. _____
   _____

7. Tienes que practicar la lección de _____
   piano esta noche. _____

NOTE: *Use the subjunctive with* **decir** *to convey orders; use the indicative to provide information.*

ACTIVIDAD 9 La reunión de profesores

Tú trabajas como profesor/a universitario/a y asististe a una reunión donde tu jefe habló sobre observaciones y reglas para los exámenes finales. Una compañera no pudo ir. Forma oraciones para decirle qué pasó. Comienza cada idea con **Nos dice que (nosotros)**...

→ enseñarle las dos versiones del examen final
Nos dice que le enseñemos las dos versiones del examen final.

1. observar la clase de un colega y escribir una evaluación _____
   _____

2. cada profesor preparar el examen final para su clase _____
   _____

3. el examen no tener más de seis páginas _____
   _____

4. hacer dos versiones del examen final _____
   _____

5. la fecha del examen ser el 17 de diciembre _____

_____

6. vigilar a los estudiantes durante el examen porque los alumnos se copian _____

_____

7. corregir el examen minuciosamente _____

_____

8. recibir el último cheque el 15 de diciembre _____

_____

ACTIVIDAD 10 Tomen decisiones con madurez

Completa con órdenes los siguientes consejos para adolescentes.

Si no desean beber alcohol,...

1. _____ la presión de sus amigos y _____ fe en sí mismos. No _____ que otras personas influyan de una manera negativa en su vida. (resistir, tener, dejar)
2. _____ con firmeza invitaciones a beber alcohol si Uds. no quieren tomar. (rechazar)
3. no _____ disculpas a nadie por no querer tomar alcohol. (pedirle)

Si desean beber alcohol,...

4. no _____ carro o motocicleta. (conducir)
5. no _____ mucho alcohol de golpe (*at once*); es mejor beber despacio. (consumir)
6. _____ algo antes. (comer)
7. _____ que este no soluciona los problemas sino que los aumenta. (recordar)
8. _____ cuenta de que el abuso del alcohol aumenta la violencia y la posibilidad de contraer enfermedades venéreas. (darse)

ACTIVIDAD 11 Órdenes

Lee los siguientes anuncios y vuelve a escribirlos de una forma más directa. Usa órdenes en plural. Sigue el modelo.

→ Se prohíbe fumar.   *Orden directa:* **No fumen.**

1. Se prohíbe tocar.   No _____.
2. Se prohíbe estacionar.   No _____.
3. Se prohíbe entrar.   No _____.
4. Se prohíbe repartir propaganda.   No _____.
5. Se prohíbe hablar.   No _____.

6. Se prohíbe consumir bebidas alcohólicas.
No _____
_____.

7. Se prohíbe poner anuncios.
No _____.

8. Se prohíbe hacer grafiti.
No _____.

ACTIVIDAD 12 La úlcera

Estas son las instrucciones que le dio una doctora a un paciente que tiene úlcera. Convierte las oraciones en órdenes.

1. Ud. tiene que dejar de comer comidas picantes.

2. Ud. no puede tomar café ni otras bebidas con cafeína.

3. Ud. tiene que preparar comidas sanas.

4. Es importante no hacer actividades que produzcan tensión en su vida.

5. Ud. debe pasar más tiempo con sus amigos y menos tiempo en el trabajo.

6. Ud. tiene que caminar por lo menos cinco kilómetros al día.

ACTIVIDAD 13 El dilema

Parte A: Piensa en uno de tus profesores de la escuela secundaria que no te caía bien. Describe qué cosas hacía esa persona que te molestaban.

Parte B: Ahora, imagina que tienes la oportunidad de escribirle cuatro órdenes al/a la profesor/a de la Parte A para que sus clases sean mejores.

1. _____
2. _____
3. _____
4. _____

NOTE: *When adding object pronouns to affirmative commands, you may need to add accents.*

ACTIVIDAD 14 Pobres niños

Escribe órdenes que suelen escuchar los niños un día típico.

→ Magda / escribirlo   **¡Escríbelo!**

1. Carlitos / no tocarlo   _____

2. Felicia / darle las gracias a la señora _____
                                             _____
                                             _____
3. Germán y Mauricio / ponerse la chaqueta _____
4. Roberto / tener cuidado porque esto quema _____
                                             _____
5. Fernanda / no jugar con la comida   _____
                                             _____
6. Pepito / no entregar la tarea tarde   _____
                                             _____
7. Carmen / hacerlo ya   _____
8. Ramón / sacarse el dedo de la nariz   _____
                                             _____
9. Mónica y Silvia / escucharme   _____
10. Felipito / decir la verdad y no mentir más _____
                                             _____

ACTIVIDAD 15 Consejos contradictorios

Tienes dos amigos que siempre se contradicen al darte consejos. Escribe qué dijo cada uno de ellos.

Amigo A   **Amigo B**

1. No hagas la tarea; sal a divertirte.   _____
                                           _____
2. _____   No le digas mentiras a tu pareja.
    _____
3. Ponte un par de jeans para ir a la fiesta. _____
                                           _____
4. No le hagas favores a Raúl.   _____
5. _____   No vayas al trabajo el sábado; ven con
    _____   nosotros a la playa.

ACTIVIDAD 16 **Una compañera insoportable**

Tienes una compañera de apartamento que nunca hace lo que debe hacer y cuando le dices lo
que debe hacer, nunca te escucha. Por eso tienes que repetirlo todo y ser más directo/a. Usa
órdenes informales y pronombres de complemento directo si es posible. Sigue el modelo.

→ Tienes que lavar los platos.   **Lávalos.**

1. Por favor, ¿puedes bajar el volumen?   _____
2. No quiero que dejes la ropa en el suelo   _____
    del baño.   _____
3. ¿Podrías limpiar la bañera?   _____
4. Me molesta cuando fumas en la cocina.   _____
                                               _____
5. Debes recoger el periódico.   _____
6. Tienes que ir a la lavandería.   _____
                                               _____
7. No puedes sacar la basura por la tarde.   _____
                                               _____
8. Tienes que sacar la basura por la   _____
    mañana temprano.   _____

ACTIVIDAD 17 **¡Ojo!**

Escribe órdenes para las siguientes situaciones. Para hacerlo, primero marca si debes usar
órdenes formales o informales y segundo si son singulares o plurales. Después, escribe las
órdenes apropiadas.

1. ☐ formal   ☐ informal
    ☐ singular   ☐ plural

    No cruzar.

    _____

2. ☐ formal   ☐ informal
    ☐ singular   ☐ plural

    No meter la mano.

    _____

3. ☐ formal   ☐ informal
   ☐ singular   ☐ plural

   No jugar con fósforos.
   _____

4. ☐ formal   ☐ informal
   ☐ singular   ☐ plural

   No acercarse más.
   _____

5. ☐ formal   ☐ informal
   ☐ singular   ☐ plural

   No tocarlo.
   _____

6. ☐ formal   ☐ informal
   ☐ singular   ☐ plural

   Salir de allí.
   _____

ACTIVIDAD 18 Las instrucciones

Mira la Actividad 16 en la página 145 del libro de texto. Imita el estilo y el humor de lo que puso el empleado en el tablón de anuncios y escribe otro con el siguiente título:

Instrucciones para los que quieren graduarse de la universidad sin mucho esfuerzo

I. _____
   _____

II. _____
   _____

III. _____
   _____

IV. _____
   _____

V. _____
   _____

ACTIVIDAD 19 Un crucigrama

Completa este crucigrama sobre la comida. Recuerda que en los crucigramas las palabras no llevan acento.

Horizontal

6. Son pequeñas, redondas y verdes.

8. primer ___, segundo ___

9. Es una fruta redonda de Valencia y Florida.

10. Es un postre español con huevos, leche y azúcar. Es parecido al *crème caramel* francés.

12. Se pone en las ensaladas. Es rojo.

14. A Bugs Bunny le gusta comer esta verdura de color naranja.

16. café con leche muy chiquito que se toma después de comer

20. vaca muy joven

21. Se come este plato al final de la comida. Puede ser fruta, helado, torta, etc.

22. Verdura que los conquistadores encontraron en México. Es la base de la tortilla mexicana.

23. A muchas personas no les gustan estos pescados pequeños en la pizza.

25. Es la base del guacamole. Es verde.

26. En España se llama cacahuete y en México, cacahuate.

Vertical

1. Se usa la carne de este animal para hacer jamón.

2. Es como la leche, pero con más calorías.

3. pescados pequeños que generalmente se compran en lata

4. Es grande y es verde por fuera y roja por dentro. Se come en el verano.

5. Esta verdura se usa en ensaladas. Es larga, verde por fuera y blanca por dentro.

7. Envase en que se compra la leche condensada. También es común comprar sopa en este tipo de envase.

10. Si los vegetales no están congelados, son ___.

11. Se toma el agua mineral con o sin ___.

13. En España es patata, pero en Latinoamérica es ___.

15. Pescado del océano. Se vende en latas con aceite o agua. En la televisión, usan el personaje de Charlie para anunciarlo.

17. Animales que viven en el océano. Producen perlas.

18. Fruta que no es completamente redonda. Es amarilla o marrón claro por fuera y blanca por dentro.

19. producto alargado, frecuentemente de carne de cerdo, que se produce en empresas como Oscar Mayer y Jimmy Dean

24. ingrediente principal de la paella

ACTIVIDAD 20 ¿Qué quieres tomar?

¿Qué cosas del segundo grupo asocias con las categorías de la primera columna?

1. _____ Aperitivo
2. _____ Primer plato
3. _____ Segundo plato
4. _____ Postre
5. _____ Después del postre

a. aceitunas
b. maní
c. almendras
d. cordero asado con puré de papas
e. cortado
f. duraznos
g. ensalada de lechuga, tomate y cebolla
h. flan
i. langostinos en mayonesa

j. lenguado con verduras
k. sopa de lentejas
l. melón con jamón
m. merluza con arroz
n. pastel
o. sandía
p. sopa de garbanzos
q. Coca-Cola, Vermouth, una cerveza

ACTIVIDAD 21 Hábitos

Parte A: Contesta estas preguntas sobre tus hábitos alimenticios.

1. ¿Qué comiste ayer? Incluye absolutamente todo. _____
_____
_____

2. ¿Sueles comprar verduras frescas, enlatadas o congeladas? _____
_____

3. ¿Cuántas bebidas que contienen cafeína consumes al día? _____
_____

4. ¿Sueles comer comida de muchas o pocas calorías? _____
_____

5. ¿Cuáles son algunas comidas de alto contenido graso que te gustan? _____

¿Con qué frecuencia sueles comerlas? _____
_____

6. ¿Sueles tomar un refresco dietético y después un postre con muchas calorías? _____
_____

7. Si comes algo tarde por la noche, ¿es ligero o pesado? _____
_____

8. ¿Desayunas, almuerzas y cenas todos los días? _____
_____

Parte B: Según tus respuestas de la Parte A, analiza si tienes buenos o malos hábitos alimenticios. ¿Qué puedes hacer para llevar una vida más sana?

_____
_____
_____
_____

Completa la siguiente receta para hacer una tortilla española usando **se** con cada verbo indicado. Por ejemplo, **se pone / se ponen.**

Tortilla española

5 papas grandes, picadas   4 huevos, batidos   sal

aceite de oliva   1 cebolla, picada

_____ (1. poner) bastante aceite en una sartén a fuego alto. Mientras

_____ (2. calentar) el aceite, _____ (3. cortar) cinco

papas grandes en rodajas finas. _____ (4. añadir) sal al gusto. También

_____ (5. picar) una cebolla. _____ (6. freír) las papas y

la cebolla en el aceite caliente hasta que estén doradas y blandas. Mientras tanto,

_____ (7. batir) cuatro huevos bien batidos. _____ (8. agregar)

sal al gusto. Después _____ (9. quitar) las papas y la cebolla de la sartén y

_____ (10. mezclar) con los huevos. _____ (11. sacar) la mayor

parte del aceite de la sartén dejando solo un poquito. _____ (12. echar)

todo en la sartén y _____ (13. poner) a fuego alto. _____

(14. cocinar) poco tiempo y se le da la vuelta poniendo un plato encima. Después de

hacer esto una vez más, _____ (15. reducir) el fuego y _____

(16. dejar) cocinar. _____ (17. servir) la tortilla fría o caliente.

ACTIVIDAD 23 Los novatos

Los universitarios norteamericanos de primer año (los novatos) suelen engordar entre cinco y ocho kilos durante el primer año. Al final del año, los jeans que llevaban en septiembre ya no les quedan bien. Escribe un artículo corto para un periódico, siguiendo las instrucciones para cada párrafo.

Párrafo 1: Explica el problema. Incorpora frases como **suelen comer, por la noche piden, en las fiestas beben, con muchas calorías.**

_____

_____

_____

_____

_____

_____

_____

_____

_____

Párrafo 2: Dales consejos a los estudiantes para no engordar durante su primer año. Usa frases como **les aconsejo que, es mejor, es necesario, les digo que**.

_____

_____

_____

_____

_____

_____

_____

Párrafo 3: Haz una lista de cinco mandamientos graciosos (*funny*) para no engordar para dárselos a un estudiante de primer año. Escribe las órdenes con la forma de **tú**.

1. _____

_____

2. _____

_____

3. _____

_____

4. _____

_____

5. _____

_____

Nuevas democracias

NOTE: *Use the subjunctive if there is a change of subject; otherwise, use the infinitive.*

ACTIVIDAD 1 El miedo

Termina estas oraciones sobre el miedo y acontecimientos desagradables.

1. Teme _____ en la oscuridad. (estar)
2. Tiene miedo de que un gato negro _____ su camino. (cruzar)
3. Tiene miedo de que la policía lo _____ y le _____ la identificación. (parar, pedir)
4. Teme que _____ una guerra nuclear. (haber)
5. Es una lástima que no _____ buenos trabajos para los jóvenes de hoy. (haber)
6. Es una pena que mucha gente _____ de drogas como la cocaína y los esteroides. (abusar)
7. Tiene miedo de _____ solo. (vivir)
8. Es horrible que _____ tanta violencia entre los jóvenes. (existir)
9. Teme no _____ a la persona de sus sueños. (encontrar)
10. Es lamentable que mucha gente _____ los estudios a una edad temprana. (dejar)

ACTIVIDAD 2 Es una pena, es raro o es bueno

Lee las siguientes oraciones y primero decide si las acciones dan pena, son raras o son buenas. Luego, completa las ideas con el presente del subjuntivo de los verbos que se presentan.

Es una pena	**Es raro**	**Es bueno**

1. _____ que los padres _____ a sus hijos seleccionar una universidad. (ayudar)
2. _____ que un estudiante _____ su especialidad antes de entrar en la universidad en los Estados Unidos. (saber)
3. _____ que la matrícula universitaria _____ tanto en los EE.UU. (costar)
4. _____ que un estudiante universitario _____ más de lo necesario para pagar todos sus gastos. (tener)
5. _____ que todos los años _____ estudiantes por beber demasiado alcohol. (morir)

6. _____ que algunos estudiantes _____ pistolas a clase. (llevar)

7. _____ que los jóvenes universitarios _____ trabajo voluntario en la comunidad. (hacer)

ACTIVIDAD 3 **La corrupción**

La siguiente carta se publicó en un periódico. Complétala con la forma apropiada de los verbos que se presentan.

Estimados lectores:

Escribo esta carta para expresar mi indignación con los funcionarios

hacer   del gobierno. Es una vergüenza que los funcionarios no _____

nada contra la corrupción que hay en este gobierno. Es importante que

haber   _____ un sistema de controles para mantener la ética laboral.

votar   Por un lado, es necesario _____ para elegir a quienes nos van a

explicar gobernar, pero por otro, el pueblo espera que el gobierno le _____

al ciudadano qué hace con su dinero. Por mi parte, me molesta que

pagar   nosotros les _____ el sueldo a esos individuos corruptos, que

estar   esos funcionarios no _____ en contacto con el pueblo y que no

trabajar _____ para beneficio del pueblo sino para su propio beneficio.

estar   Como padre de familia, temo que nuestra generación les _____

ocurrir dando un mal ejemplo a nuestros hijos. Lamento que esto _____ y

solucionar ojalá que se _____ pronto la situación.

Un ciudadano como cualquier otro

ACTIVIDAD 4 **Reacciones**

Parte A: Marca **C** si crees que las oraciones son ciertas y **F** si crees que son falsas.

1. _____ El nivel de la enseñanza en los Estados Unidos es más bajo cada año.

2. _____ Los americanos gozan (*enjoy*) de un nivel de vida muy alto.

3. _____ El consumo de drogas ilegales es un gran problema para todo el mundo.

4. _____ Los políticos, por lo general, son corruptos.

5. _____ Los grupos como la Organización Nacional del Rifle tienen mucho poder.

6. _____ En este país necesitamos definir nuestros valores y principios morales.

7. _____ Hay separación entre Estado e Iglesia en los Estados Unidos.

8. _____ Los políticos gastan demasiado dinero en las campañas políticas.

Parte B: Ahora, comenta sobre las oraciones que marcaste con una **C** en la Parte A. Usa frases como **es bueno, es lamentable, me da pena, temo, tengo miedo**.

_____

_____

_____

_____

_____

_____

_____

_____

_____

> **NOTE:** *Remember to use* **haya, hayas**, *etc.,* + past participle *to refer to the past.*

ACTIVIDAD 5 Los indígenas

Escoge respuestas lógicas para describir el presente y el pasado de la vida de los indígenas de Latinoamérica.

1. Es horrible que tantos indígenas **sean / hayan sido** víctimas de las enfermedades que llevaron los conquistadores a América.

2. Es una vergüenza que **mueran / hayan muerto** tantos indígenas durante la segunda mitad del siglo XX en Guatemala.

3. Es admirable que Rigoberta Menchú **reciba / haya recibido** el Premio Nobel de la Paz por darle a conocer al mundo los problemas de los indígenas en Guatemala. También es maravilloso que Menchú **luche / haya luchado** todavía por los derechos humanos de su pueblo.

4. Es bueno para los indígenas que Evo Morales **asuma / haya asumido** la presidencia de Bolivia.

5. Es lamentable que Chevron (antes Texaco) **entre / haya entrado** en la selva ecuatoriana y que le **cause / haya causado** tanto daño al medio ambiente durante 40 años.

6. Es increíble que Pablo Fajardo, un abogado joven de familia humilde que representó al Frente para la Defensa de la Amazonia (FEDAM), **gane / haya ganado** un pleito contra Chevron de 16.000 millones de dólares.

7. Es fantástico que la CNN **nombre / haya nombrado** a Fajardo *Héroe de CNN* por luchar como David contra el Goliat de Chevron.

8. Es bueno que ahora, con medios de comunicación como el Internet, el mundo entero **pueda / haya podido** estar más informado de lo que ocurre cada día.

9. Pero es una pena que todavía **exista / haya existido** discriminación contra los indígenas.

Termina estos deseos y observaciones sobre la educación con el presente del subjuntivo, el pretérito perfecto del subjuntivo o el infinitivo de los verbos que se presentan.

1. Me alegra...

   _____ a mucha gente de diferentes razas y religiones. (conocer)

   que mis padres me _____ libros cuando era niño en vez de juguetes bélicos. (regalar)

   que mi futuro no _____ límites. (tener)

2. Me sorprende...

   que _____ casas sin libros en el mundo de hoy. (haber)

   que muchas personas no _____ a leer cuando estaban en la escuela primaria. (aprender)

   que _____ adultos analfabetos en nuestra sociedad. (haber)

3. Es una pena...

   que el sistema educativo no _____ para ellos durante su niñez. (funcionar)

   que hoy en día no todos los niños _____ el mismo acceso a la enseñanza. (tener)

   _____ en un país con un alto índice de analfabetismo. (vivir)

4. Ojalá...

   que los niños _____ libros en el futuro. (tener)

   que al llegar a adultos _____ leer. (saber)

   que les _____ los cuentos de Aladino. (encantar)

   que _____ a pensar por sí mismos al leer. (aprender)

Escribe un párrafo sobre la manera en que te criaron (*raised you*) tus padres usando el pretérito perfecto del subjuntivo. Habla de los puntos buenos y los malos.

Me alegra que mis padres me hayan dejado... A la vez me molesta que ellos no...

_____

_____

_____

_____

Parte A: Haz una lista de tres acontecimientos positivos y tres negativos que han ocurrido en el mundo durante tu vida hasta el año pasado. Piensa en cosas como que todas las universidades les dieron correo electrónico a sus estudiantes, que los Estados Unidos participaron en una guerra contra Irak, etc.

Positivos	Negativos
1. _____	1. _____
_____	_____
2. _____	2. _____
_____	_____
3. _____	3. _____
_____	_____

Parte B: Ahora, comenta sobre esos acontecimientos. Usa expresiones como **me alegra que, me da pena que, es fantástico que, es una pena que**.

→ **Me alegra que todas las universidades les hayan dado correo electrónico a sus estudiantes.**

_____

_____

_____

_____

_____

_____

Parte C: Ahora expresa dos esperanzas para el futuro.

1. Ojalá que _____.
2. Espero que _____.

ACTIVIDAD 9 Asociaciones

Indica si asocias las siguientes palabras con una democracia o una dictadura.

	Democracia	Dictadura
1. activismo político	_____	_____
2. amenazas	_____	_____
3. campañas políticas	_____	_____
4. censura	_____	_____
5. golpes de estado	_____	_____
6. huelgas	_____	_____
7. juntas militares	_____	_____
8. libertad de prensa	_____	_____
9. manifestaciones	_____	_____
10. partidos políticos	_____	_____
11. violación de derechos humanos	_____	_____

Completa el crucigrama. Recuerda que en los crucigramas las palabras no llevan acento.

Horizontal

3. Es bueno cuando dos países llegan a un _____ y así evitan una guerra.
4. Cuando una persona puede expresar sus ideas, tiene libertad de _____.
7. Muchas personas hacen cosas buenas para el bienestar _____.
8. Cada cuatro años todo partido político organiza una campaña _____ en los EE.UU. para ganar la presidencia.
11. Se le da esto a un policía para no recibir una multa.
12. Otra palabra para los periódicos es la _____.
13. No hay _____ de oportunidades laborales para las mujeres como para los hombres.
14. Hay que respetar los _____ humanos.

Vertical

1. En algunas ocasiones, cuando a los militares no les gusta un gobierno, hacen un _____ de estado.
2. La gente de un país es el _____.
5. "Te voy a matar" es una _____.
6. Los eventos que ocurren también se llaman _____.
9. La acción de prohibir que se lean ciertos libros, que se vean ciertas películas o que se escuchen ciertas canciones es _____.
10. Una forma de protesta es no trabajar y a eso se le llama _____.

ACTIVIDAD 11 ¿Qué opinas de la política?

Di si te sorprende, si es lamentable o si simplemente no te importa cuando ocurren las siguientes situaciones. Justifica tu opinión.

→ Es obligatorio votar en algunos países.

Me sorprende que sea obligatorio votar en algunos países porque...

1. Un político paga pocos impuestos. _____
   _____

2. Hay corrupción en muchos sectores del gobierno. _____
   _____

3. Los candidatos presidenciales gastan cientos de millones de dólares en su campaña electoral. _____
   _____

4. Un político tiene una aventura amorosa. _____
   _____

5. Otro país contribuye dinero a la campaña electoral de un candidato. _____
   _____

ACTIVIDAD 12 ¿Cierto o falso?

Parte A: Marca si crees que las siguientes oraciones son ciertas (**C**) o falsas (**F**).

1. _____ Costa Rica tiene más profesores que policías.
2. _____ La CIA participó en el golpe de estado de Chile en 1973 para derrocar a Allende, un presidente elegido democráticamente.
3. _____ En Argentina existe separación entre el Estado y la Iglesia, pero para ser presidente hay que ser católico.
4. _____ Tanto Panamá como Costa Rica no tienen fuerzas militares.
5. _____ En las primeras elecciones después de la muerte de Francisco Franco, las campañas electorales en España duraron solamente tres semanas.

NOTE: *Remember to use* **haya, hayas***, etc., + past participle* *to refer to the past.*

Parte B: Todas las oraciones de la Parte A son ciertas. Escribe tus opiniones sobre esos datos históricos. Usa frases como **me sorprende que, es una lástima que, es bueno que**, etc.

1. _____
   _____

2. _____
   _____

3. _____

_____

4. _____

_____

5. _____

_____

ACTIVIDAD 13 Miniconversaciones

Termina estas conversaciones con el indicativo o el subjuntivo de los verbos que se presentan.

1. —¿Qué opinas sobre el nuevo gobierno?

   —Es posible que _____ un buen programa doméstico. (establecer)

   —Otra cosa, no creo que _____ igual de corrupto que el gobierno anterior. (ser)

2. —No cabe duda de que _____ a tener éxito la campaña electoral de María Ángeles Pérez Galván. (ir)

   —Sí, cada día es más popular. Es obvio que _____ a ganar. (ir)

   —No sé. Faltan siete días para el debate televisivo. Es probable que el otro candidato _____ en el debate mejores soluciones a los problemas domésticos. (ofrecer)

   —Pero, ¿crees que él las _____ a cabo? (llevar)

   —Obviamente no. Ningún político hace lo que promete.

3. —¿Oíste que el dueño de la compañía REPCO no cree que actualmente _____ o que _____ en el pasado algún tipo de discriminación contra las mujeres? (existir, existir)

   —Está claro que él _____ pues sabe muy bien que no es así. El historial de esa compañía es pésimo. Siempre hay demandas contra ellos. (mentir)

ACTIVIDAD 14 De acuerdo o no

Parte A: Indica si estás de acuerdo o no con las siguientes oraciones. Escribe la palabra **sí** si la oración refleja tu opinión y **no** si no la refleja.

1. _____ Hay menos discriminación racial en los Estados Unidos que en Europa.
2. _____ Los Estados Unidos invierten demasiado dinero en gobiernos de otros países.
3. _____ Puede haber un golpe de estado en los Estados Unidos en el futuro próximo.
4. _____ Se debe censurar la pornografía en los Estados Unidos.
5. _____ En los Estados Unidos existe total libertad de prensa.

Parte B: Ahora escribe oraciones sobre tus opiniones de la Parte A. Si escribiste **sí**, usa expresiones como **es cierto que, es evidente que, no cabe duda que, creo que**. Si escribiste **no**, usa expresiones como **no creo que, no es posible que, no es verdad que**.

_____

_____

_____

_____

_____

_____

_____

_____

_____

_____

_____

_____

ACTIVIDAD 15 Tu profesor/a

Parte A: Escribe tres oraciones con datos de los cuales estás seguro/a acerca de la vida de tu profesor/a. Usa frases como **estoy seguro/a (de) que, no cabe duda (de) que, es verdad que**.

→ **Estoy seguro/a (de) que mi profesor/a tiene título universitario**.

1. _____

2. _____

3. _____

Parte B: Ahora escribe tres dudas que tienes sobre las acciones de tu profesor/a y sus actividades. Usa frases como **dudo que, no es verdad que, no es posible que**.

→ **Dudo que mi profesor/a haya trabajado en el Cuerpo de Paz**.

1. _____

2. _____

3. _____

ACTIVIDAD 16 Gente famosa

Forma oraciones sobre gente famosa. Usa pronombres relativos en las oraciones.

→ Federico García Lorca autor de poemas y dramas / morir a manos de los fascistas durante la Guerra Civil española

Federico García Lorca fue un autor de poemas y dramas que murió a manos de los fascistas durante la Guerra Civil española.

1. Rosa Parks activista / sentarse en la parte delantera de un autobús para protestar contra la discriminación _____

   _____

2. Georgia O'Keefe artista / pintar cuadros de flores y cosas del suroeste de los Estados Unidos _____

   _____

3. Alvin Ailey coreógrafo / llevar muchas innovaciones al mundo del baile _____

   _____

   _____

4. Lucille Ball comediante / hacernos reír con sus programas de televisión _____

   _____

   _____

5. Jesse James ladrón / robar bancos en el oeste de los Estados Unidos _____

   _____

   _____

ACTIVIDAD 17 Tres películas

Lee lo que escribió un estudiante sobre tres películas. Decide si usó **por** o **para** en cada situación.

Tuve que ver tres películas _____(1) una clase de Ciencias Políticas: *La historia oficial*, sobre la guerra sucia en Argentina a finales de los 70; *Missing*, que tiene lugar unos días después del golpe de estado en Chile en 1973 y *Hombres armados*, una historia ficticia en algún país de Centro o Sur América a finales del siglo pasado. Las tres películas tienen algo en común, los protagonistas son personas inteligentes y simpáticas pero ingenuas e inocentes. En las tres películas los directores usan las vivencias de los protagonistas _____(2) educar al público a través de las verdades horrorosas que descubren los protagonistas.

En *La historia oficial*, Alicia es madre y profesora de historia. Hace todo _____ (3) el bien de sus estudiantes y de su hija adoptiva. Un día sus estudiantes le preguntan si ella cree todo lo que lee en los libros. Eso le hace pensar en los padres biológicos de su hija y empieza a investigar. Pasa _____(4) un hospital en busca de información sobre su nacimiento.

Luego conoce a las madres y abuelas de gente desaparecida durante la guerra sucia. Estas abuelas forman una organización y una de sus metas es trabajar día y noche _____(5) encontrar a los bebés, o sea a sus nietos, que nacieron en cárceles clandestinas y que nunca tuvieron la oportunidad de conocer a sus padres. Así Alicia averigua que su hija es la hija de una pareja desaparecida.

En la película *Missing*, basada en una historia real, Ed va _____(6) Chile _____(7) buscar a su hijo, un periodista izquierdista norteamericano, que desapareció después de un golpe militar. En Chile se encuentra con su nuera Beth, quien le cuenta que el gobierno militar detuvo a su esposo _____(8) sus ideas liberales. Ed es muy patriótico y es de la opinión que con la ayuda de la embajada de los EE.UU. va a encontrar a su hijo. Pero al llegar al consulado, no puede averiguar nada sobre él. Nadie hace nada _____(9) él, ni los chilenos ni los americanos. Poco a poco pierde la esperanza, y al final se entera que mataron a su hijo, y que todo ocurrió con la ayuda del gobierno norteamericano.

Hombres armados es un poco diferente _____(10) no ser sobre un país o un suceso específico. Sin embargo, le muestra al público la violencia no solo de los militares, sino también de la guerrilla. La película trata de siete jóvenes que estudiaron _____ (11) ser médicos. Su profesor, el Dr. Fuentes, es un hombre bueno pero que no tiene idea de lo que se sufre en el campo de su propio país. Cuando el doctor oye que hay problemas con sus ex-alumnos que trabajan en el campo, sale _____(12) la zona _____(13) ver con sus propios ojos qué ocurre. Al pasar _____(14) diferentes pueblos ve la destrucción y la muerte causada _____(15) la violencia. Poco a poco él empieza a tomar conciencia de la realidad al igual que Ed en *Missing*, que Alicia en *La historia oficial* y que el público que ve estas películas. Esa es la manera en que los directores usan las películas _____(16) obligarle al mundo a ver, entender y no olvidar lo que ocurrió.

ACTIVIDAD 18 Un discurso

Termina el siguiente discurso dado por un político después de haber cumplido un año en el poder. Usa el subjuntivo, indicativo o infinitivo de los verbos que se presentan. En algunos casos, debes elegir entre dos opciones y completar los espacios con la palabra o frase lógica.

Despúes de un año con el partido Alianza Común trabajando _____ (por/para) el bienestar común, espero que Uds. _____ (estar) contentos con los cambios. No queremos decepcionar a la gran mayoría de los ciudadanos _____ (que/quienes) votaron por AC.

Cuando los militares, _____ (que/quienes) aterrorizaron al pueblo, dejaron de gobernar, tuvimos un renacimiento de ideas y de libertades. Es fantástico que ahora Uds. _____ (poder) vivir en paz, que _____ (tener) voz en todos los aspectos del gobierno y que sus opiniones y necesidades _____ (formar) la base de nuestro gobierno de hoy y del futuro. Ahora cuando viajo _____ (por/para) el país veo felicidad en vez de tristeza y miedo.

Durante mi primer año, hemos logrado muchos triunfos. Me alegra:

- que el año pasado, el partido Alianza Común _____ (construir) 1.650 casas _____ (por/para) gente necesitada;
- que el mes pasado, AC _____ (iniciar) programas preescolares y prenatales;
- que durante el año se _____ (abrir) 50 fábricas nuevas;
- que en solo 12 meses _____ (bajar) el desempleo al 7,8%;
- que a través de este año, el gobierno _____ (respetar) los derechos humanos de toda su gente.

Estoy seguro de que Uds. _____ (apoyar) los objetivos de Alianza Común. Lamento _____ (decir) que los cambios no ocurren de la noche a la mañana, pero los programas _____ (que/quienes) hemos iniciado, poco a poco, van a contribuir al progreso. Espero _____ (poder) cumplir con mis promesas.

El cumpleaños de mi hija, _____ (que/quien) todavía está en la escuela primaria, fue ayer, y durante su fiesta, vi en su cara y sus ojos el futuro de nuestra nación. Es verdad que nosotros les _____ (deber) a los niños un futuro seguro y sin preocupaciones. Ojalá que nosotros se lo _____ (poder) dar. Con la ayuda y apoyo de Uds., podemos convertir los sueños en realidad _____ (por/para) nosotros y _____ (por/para) futuras generaciones.

ACTIVIDAD 19 El gobierno estudiantil

Imagina que eres candidato/a para el puesto de presidente del gobierno estudiantil de la universidad. Escribe un discurso usando el discurso de la actividad anterior como modelo e incluye cosas que hiciste y promesas que esperas cumplir. Integra el subjuntivo, el indicativo y el infinitivo en el discurso.

_____

_____

_____

_____

_____

_____

_____

_____

_____

_____

_____

_____

_____

_____

_____

_____

_____

_____

_____

_____

Nuestro medio ambiente

ACTIVIDAD 1 **Verano o invierno**

Categoriza las siguientes actividades.

acampar	hacer alas delta	hacer esquí nórdico	jugar al basquetbol
bucear	hacer esquí acuático	hacer snowboard	jugar al béisbol
escalar	hacer esquí alpino	hacer surf	montar en bicicleta

1. Actividades que se hacen en el verano: _____
   _____

2. Actividades que se hacen en el invierno en Colorado: _____
   _____

3. Actividades que se hacen en el océano: _____
   _____

4. Actividades que se hacen en un lago: _____
   _____

5. Actividades que se hacen en las montañas: _____
   _____

ACTIVIDAD 2 **Para ir de camping**

Completa esta conversación entre dos compañeros de trabajo que planean un viaje donde van a hacer trekking y acampar.

Margarita: Puede haber muchos mosquitos. Sería buena idea comprar un buen
_____ (1).

Gonzalo: Sí, porque si no, nos van a comer vivos.

Margarita: Es cierto. ¿Qué más?

Gonzalo: Como no vamos a tener electricidad, entonces para leer por la noche necesitamos
una _____ (2).

Margarita: Sí, yo tengo una. Pero también hay que tener _____ (3) extras o
después de la primera o la segunda noche no va a funcionar.

Gonzalo: Es verdad, solo tengo de las recargables. Podemos llevar esas. Hablando de la
noche... ¿y para dormir?

Margarita: Tengo un amigo que tiene una _____ (4) para tres personas. Voy a
ver si nos la puede prestar.

Gonzalo: Y mis amigos tienen dos _____ (5) de dormir.

Margarita: ¡Qué bien! Así no vamos a pasar nada de frío. ¿Algo más?

Gonzalo: Como vamos a estar a mucha altura y allí el sol pega fuerte, ¿quizás un _____ (6)?

Margarita: Buena idea. Ahhh... y yo tengo una _____ (7) por si acaso necesitamos cortar algo o abrir una lata de comida; como sabes, siempre se necesita.

Gonzalo: Bueno, creo que eso es todo.

Margarita: No, nos falta una cosita.

Gonzalo: ¿Qué?

Margarita: Un buen _____ (8) de la zona porque si no lo tenemos, vamos a perdernos y tenemos que estar en el trabajo el lunes.

ACTIVIDAD **3** **¿Con qué frecuencia?**

Parte A: Marca con qué frecuencia haces las siguientes actividades relacionadas con el medio ambiente.

Actividad	Jamás	A veces	A menudo
1. comprar verduras orgánicas	☐	☐	☐
2. usar pilas recargables	☐	☐	☐
3. acampar	☐	☐	☐
4. participar en manifestaciones contra el abuso del medio ambiente	☐	☐	☐
5. reciclar periódicos, plástico y vidrio	☐	☐	☐
6. montar en bicicleta en vez de manejar	☐	☐	☐
7. apagar las luces al salir de una habitación	☐	☐	☐
8. no desperdiciar papel	☐	☐	☐
9. votar por candidatos que favorecen la protección del medio ambiente	☐	☐	☐
10. no comprar productos de compañías que abusan del medio ambiente	☐	☐	☐

Parte B: Ahora, escribe oraciones basadas en tus respuestas de la Parte A.

→ Jamás / A veces / A menudo

A menudo compro verduras orgánicas.

1. _____

2. _____

3. _____

4. _____

5. _____

6. _____

7. _____

8. _____

9. _____

10. _____

ACTIVIDAD ☐4☐ **El medio ambiente**

Según tus respuestas a las Partes A y B de la Actividad 3, contesta esta pregunta: ¿Respetas o no el medio ambiente?

_____

_____

_____

_____

> **NOTE:** *The verb* **quedar** *(to have something left) agrees with what is left:* **Me queda<u>n</u> <u>algunos</u> <u>problemas</u> por comentar, pero a él no le queda<u> ninguno</u>.**

ACTIVIDAD ☐5☐ **Las gangas**

Hay una venta excepcional en una tienda de artículos para acampar. Una persona llama por la tarde para averiguar si todavía tienen las siguientes cosas. Escribe las preguntas de la cliente y las respuestas del vendedor, usando **algunos/as** (✓) o **ninguno/a** (—).

→ bicicletas de montaña (✓)

Cliente: **¿Todavía les quedan algunas bicicletas de montaña?**

Vendedor: **Sí, nos quedan algunas.**

1. linternas (✓)

Cliente: _____

Vendedor: _____

2. sacos de dormir (—)

Cliente: _____

Vendedor: _____

3. tiendas de campaña (—)

Cliente: _____

Vendedor: _____

4. navajas suizas (✓)

Cliente: _____

Vendedor: _____

5. tablas de surf (—)

Cliente: _____

Vendedor: _____

6. bicicletas de carrera (✓)

Cliente: _____

Vendedor: _____

7. mochilas (—)

Cliente: _____

Vendedor: _____

8. carteles de animales en peligro de extinción (—)

Cliente: _____

Vendedor: _____

ACTIVIDAD **6** **Una nota**

Pablo le lleva unos folletos a su hermana, pero como ella no está, le deja la siguiente nota. Complétala con palabras afirmativas y negativas.

Isabel:

Vine a traerte los folletos de Nicaragua pero no había _____ (1) en tu casa y

como _____ (2) me has dado llave de tu apartamento no pude entrar. Por eso

pasé _____ (3) folletos por debajo de la puerta, pero no pude pasarlos todos.

Todavía tengo _____ (4) yo. Míralos y llámame si quieres más información.

Puedes quedarte con los folletos porque ya no necesito _____ (5). ¿Piensas

ir a Nicaragua sola o con _____ (6) amigo? Es más divertido si vas con

_____ (7); _____ (8) en mi vida pasé unas vacaciones tan

divertidas como las que pasé en Nicaragua.

    Llámame esta noche y si no hay _____ (9) en casa, deja un mensaje en el

contestador y te llamo.

                                                 Pablo

> NOTE: *Certain words denoting occupations are rarely used in the feminine:* **la mujer carpintero**.

ACTIVIDAD 7 La persona ideal.

Una mujer puso este anuncio en Internet para tratar de encontrar pareja. Complétalo con el presente del indicativo o del subjuntivo.

_____ (1. ser) una mujer de 25 años. No _____ (2. cocinar),

pero _____ (3. gustarle) las comidas exóticas. Busco un hombre que

_____ (4. saber) cocinar bien y que _____ (5. hacer) experimentos

gastronómicos. También _____ (6. ser) muy ordenada y no _____

(7. soler) llevar amigos a casa, pero _____ (8. tener) muchos amigos. Necesito

un hombre que _____ (9. respetar) mi intimidad (*privacy*), pero que también

_____ (10. divertirse) en compañía de amigos. Una cosa más, es importante

que ese hombre no _____ (11. tenerles) alergia a los gatos porque a mí

_____ (12. fascinarle) y _____ (13. tener) tres. También busco un

hombre que _____ (14. poseer) espíritu aventurero... suficientemente aventurero

como para contestar este anuncio.

ACTIVIDAD 8 Tu familia

Parte A: Marca las ocupaciones que tienen diferentes miembros de tu familia.

❏ carpintero   ❏ doctor/a   ❏ electricista

❏ mecánico/a   ❏ plomero (*plumber*)   ❏ contador/a

❏ dentista   ❏ fotógrafo/a   ❏ psicólogo/a

Parte B: Tus amigos tienen muchos problemas y poco dinero. Por eso, si un pariente tuyo puede prestarles sus servicios a un precio reducido tú los tratas de ayudar. Según tus respuestas de la Parte A, contesta estas preguntas de tus amigos.

→ Necesito ir al dentista. ¿Conoces a alguien?

Lo siento, no conozco a ningún dentista. / No conozco a nadie.   **Sí, mi primo Charlie es dentista y te puede ayudar.**

1. Mi carro no funciona. ¿Conoces a alguien que lo pueda arreglar?

2. Tengo fiebre y no puedo respirar bien. ¿Conoces a un buen médico?

   _____

3. Pienso comprar una lavadora y tengo que instalar un enchufe (*electrical outlet*) primero. ¿Conoces a alguien que sepa hacerlo?

   _____

4. Mi hijo está muy deprimido y quiero buscarle ayuda. ¿Conoces a alguien?

   _____

5. Llegué a casa y el inodoro no funciona; hay agua por todas partes. ¿Conoces a alguien que pueda venir de inmediato?

   _____

6. Tengo que hacer mis impuestos federales y no entiendo nada porque es sumamente complicado. ¿Conoces a alguien que me pueda ayudar?

   _____

7. Pensamos casarnos en febrero y no sabemos quién va a sacar las fotos. ¿Conoces a alguien?

   _____

8. Quiero cambiar mi cocina: estoy harto (*fed up*) de tener una cocina fea y vieja. Quisiera una moderna. ¿Conoces a alguien que haga remodelaciones?

   _____

NOTE: *Use a form of* **haya** + *past participle to refer to possible past actions.*

ACTIVIDAD 9 **Tus amigos**

Completa las preguntas sobre tus amigos con la forma apropiada del verbo indicado y después contéstalas.

→ ¿Conoces a algún estudiante que **tenga** perro? (tener)

Sí, mi amigo Bill tiene perro.   **No, no conozco a ningún estudiante que tenga perro.**

1. ¿Conoces a alguien que _____ hablar japonés? (saber)

   _____

2. ¿Conoces a alguien que _____ en Suramérica el año pasado? (estudiar)

   _____

   _____

3. ¿Tienes alguna amiga que _____ surf? (hacer)

   _____

4. ¿Sueles comer con alguien que _____ vegetariano? (ser)

   _____

5. ¿Conoces a alguien que ya _____ un buen trabajo para el verano que viene? (conseguir) _____
_____

ACTIVIDAD [10] **El lugar perfecto**

Termina las siguientes oraciones sobre tus lugares ideales.

1. Quiero vivir en una casa _____.
   (que estar en el campo / que estar en una ciudad)

2. Necesito trabajar en una empresa _____.
   (que pagar bien / que tener un ambiente estimulante)

3. Si me caso algún día, prefiero pasar mi luna de miel en un sitio _____
   _____.
   (donde haber playa privada / donde haber mucho que hacer)

4. Después de graduarme, tengo ganas de visitar un país _____
   _____.
   (donde poder escalar montañas / donde poder hacer un safari)

5. Si tengo hijos, quiero criarlos (*raise them*) en un lugar _____
   _____.
   (donde no haber robos / donde haber buenas escuelas)

ACTIVIDAD [11] **¿Hay o no hay?**

Primero haz preguntas usando las siguientes frases y después contéstalas para dar tus opiniones.

→ muchos jóvenes / beber y manejar

¿Crees que haya muchos jóvenes que beban y manejen?

Sí, sé que hay jóvenes que beben y manejan, pero no conozco a nadie que beba y maneje.

Sí, hay muchos que beben y manejan.

1. muchas personas / ser completamente honradas

   ¿ _____ ?
   _____
   _____

2. padres / no comprarles juguetes bélicos a sus hijos

   ¿ _____ ?
   _____
   _____

3. mucha gente / tener un arma en su casa

¿ _____ ?

_____

4. mujeres de más de 50 años / poder tener hijos

¿ _____ ?

_____

_____

5. muchos estudiantes / pagar más de $45.000 al año por sus estudios

¿ _____ ?

_____

_____

ACTIVIDAD 12 **El ecoturismo**

Quieres hacer un viaje de ecoturismo a una zona remota del río Amazonas en Perú. El único problema es que no quieres ir solo/a. Escribe un anuncio explicando qué tipo de compañero/a buscas.

Quiero hacer un viaje al río Amazonas en Perú. Quiero ir con una persona que me acompañe,

que _____

_____

_____

_____

_____

ACTIVIDAD 13 **Tus parientes**

Completa las preguntas sobre tu familia con la forma apropiada del verbo indicado y después contéstalas.

→ ¿Hay alguien de tu familia que **viva** en otro país? (vivir)

Sí, hay alguien de mi familia que vive en otro país.

No, no hay nadie de mi familia que viva en otro país.

1. ¿Hay alguien de tu familia que _____ más de cien años? (tener)

_____

2. ¿Hay alguien de tu familia que _____ en un asilo de ancianos? (vivir)

_____

3. ¿Hay alguien de tu familia que _____ casado más de cincuenta años?
(llevar) _____

4. ¿Hay alguien de tu familia que _____ presidente de una compañía en el pasado? (ser) _____

_____

5. ¿Hay alguien de tu familia que en la actualidad _____ como voluntario? (trabajar) _____

_____

6. ¿Hay alguien de tu familia que _____ embarazada en este momento? (estar) _____

_____

7. ¿Hay alguien de tu familia que _____ de esta universidad? (graduarse) _____

_____

ACTIVIDAD 14 Pesimismo

Eres un/a estudiante muy pesimista. Critica el presente y el pasado de tu universidad usando frases como **no hay ningún/ninguna profesor/a que, no hay nada aquí que, no conozco a nadie que, no hay ninguna clase que**.

_____

_____

_____

_____

_____

REMEMBER: *If actions are pending, use the subjunctive; if they are habitual or completed, use the indicative.*

ACTIVIDAD 15 La publicidad

Completa estas oraciones para hacer anuncios publicitarios. Usa el presente del indicativo, el subjuntivo o el infinitivo.

1. Todos los días después de que _____ a casa, tomamos un refrescante vaso de Jugo Tropical y nos sentimos mejor. (llegar)

2. Mañana cuando _____, relájese y revitalice su cuerpo con Gel de Vitaliz, tratamiento para la piel con aloe y lanolina. (ducharse)

3. Esta noche mientras Ud. _____ sentado en su sillón favorito para mirar la tele, goce de un masaje personal con los dedos mágicos de Manos Suecas. (estar)

4. Cuando _____ hacer una pausa en una película que estás viendo en la tele o cuando _____ volver a ver una escena graciosa, ¿te resulta difícil hacerlo? ¿Lees las instrucciones hasta _____ y después tiras el control remoto contra la pared? ¡Compra Mandofácil! El control remoto que resuelve tus problemas. (querer, querer, cansarse)

5. Tan pronto como _____ este anuncio, llame al 913-555-0284. Las primeras cien llamadas van a recibir dos noches gratis en un hotel de lujo. (terminar)

6. Cuando Ud. _____ a casa después de un día de trabajo, ¿normalmente excede el límite de velocidad? Compre Bip Bip, su propio busca radares. No espere hasta después de _____ una multa para comprarlo. (manejar, recibir)

ACTIVIDAD 16 Mis sueños

Parte A: Di tres cosas que piensas hacer en un futuro cercano después de terminar tus estudios.

→ tener vacaciones

Cuando tenga vacaciones, voy a trabajar como voluntario/a en un hospital.

1. graduarme _____
_____

2. empezar un trabajo nuevo _____
_____

3. mudarme a otra ciudad _____
_____

Parte B: Indica qué piensas hacer en un futuro lejano usando las siguientes ideas.

→ casarme (después de que)

Voy a casarme después de que encuentre un trabajo fijo y que compre casa.

1. tener hijos (cuando) _____
_____

2. seguir estudiando (después de que) _____
_____

3. trabajar (hasta que) _____
_____

4. jubilarme (tan pronto como) _____
_____

> **NOTE:** *Use the indicative with reported and habitual actions. Use the subjunctive for pending actions.*

ACTIVIDAD 17 Ahora y el futuro

Parte A: Explica cómo es tu vida universitaria usando las siguientes expresiones de tiempo: **cuando, en cuanto, después de (que), hasta (que), tan pronto como.**

Todos los días yo asisto a clase. Después de...

_____

_____

_____

_____

Parte B: Ahora usando las mismas expresiones de la Parte A, cuenta cómo va a ser tu vida después de que termines la universidad.

Cuando termine mis estudios... después de que... hasta que...

_____

_____

_____

_____

ACTIVIDAD 18 Las referencias

Parte A: Lee la siguiente nota que dejó Mariana para su compañero de apartamento y después contesta las preguntas.

Rogelio:

Lo siento pero no **te** pude comprar la linterna que querías. Le dije a Alberto que **te la** comprara, pero él tampoco pudo. Así que mañana, cuando recoja tu ropa de la lavandería, prometo conseguír**tela**. **Les** quería pedir un favor a ti y a

5 Marcos. ¿Podrían hacer**me** un favor? Necesito mandar un paquete que tiene que salir mañana y sé que Uds. trabajan cerca del correo. Es un regalo para mi madre; **se lo** compré hace mucho tiempo, pero tengo que mandár**selo** mañana porque su cumpleaños es el viernes. Dile a Marcos que **le** busqué el artículo que quería, pero que no lo encontré. Voy a intentar buscár**selo** en otra biblioteca.

10   Perdón y gracias,

                                                              Mariana

---

¿A qué, a quién o a quiénes se refieren las siguientes palabras?

1. **te** en la línea 2: _____
2. **te la** en la línea 3: _____ _____
3. conseguír**tela** en la línea 4: _____ _____
4. **Les** en la línea 4: _____
5. **me** en la línea 5: _____
6. **se lo** en la línea 7: _____ _____
7. mandár**selo** en la línea 7: _____ _____
8. **le** en la línea 8: _____
9. buscár**selo** en la línea 9: _____ _____

Parte B: Completa la nota que Rogelio le dejó a Mariana con pronombres de complementos directo e indirecto.

Mariana:

Claro que _____ (1) puedo mandar el paquete a tu madre. ¿Qué _____ (2) compraste? ¿Te acuerdas de la pulsera que compré hace un par de meses en Taxco? _____ _____ (3) regalé a mi madre el sábado pasado y le fascinó. _____ (4) dije a Marcos que no habías encontrado el artículo que quería. Me dijo que ya _____ (5) había encontrado en Internet, pero de todas formas _____ (6) manda las gracias por haberlo buscado. En cuanto a la linterna que quiero comprar... Mi hermano _____ _____ (7) va a conseguir en una tienda cerca de donde vive él. _____ (8) veo esta tarde.

Besos,

Rogelio

ACTIVIDAD 19 **Preparaciones.**

Contesta las preguntas de Ricardo sobre un viaje de andinismo (*mountain climbing*) que Ana y él están organizando. Usa pronombres de complementos directo e indirecto cuando sea posible.

Ricardo: ¿Ya compraste los boletos?

Ana: Sí, ya _____.

Ricardo: ¿Y le mandaste el dinero para la reserva a la agencia?

Ana: Sí, ya _____.

¿Tú le pediste los sacos de dormir a Gonzalo?

Ricardo: No, no _____.

Ana: ¿Cuándo vas a hacerlo?

Ricardo: _____ mañana.

Oye, ¿me compraste la navaja suiza que te pedí?

Ana: No, pero voy a _____

el sábado porque es cuando empiezan las rebajas.

Ricardo: Bueno, creo que es todo.

Ana: Hay una cosita más. ¿Te entregaron el pasaporte?

Ricardo: Sí, por fin _____.

ACTIVIDAD 20 ¡Qué desperdicio!

Parte A: Estás harto/a del abuso del medio ambiente en tu universidad y piensas escribir una carta al periódico universitario para quejarte. Primero, haz una lista de los cuatro abusos que más te molestan.

→ **Todo lo que venden en las cafeterías está envuelto en papel.**

→ **No hay nadie que use las escaleras; siempre usan los ascensores.**

1. _____
   _____
2. _____
   _____
3. _____
   _____
4. _____
   _____

Parte B: Ahora, escribe soluciones posibles para los abusos que mencionaste en la Parte A.

1. _____
   _____
2. _____
   _____
3. _____
   _____
4. _____
   _____

Parte C: Ahora escribe tu carta, comenzando con la siguiente oración:

Parece que no hay nadie en esta universidad que respete el medio ambiente.

_____
_____
_____
_____
_____

(Continúa en la página siguiente.)

Hablemos de trabajo

ACTIVIDAD **1** **El trabajo**

Marca la palabra que no pertenece al grupo.

1. despedir, experiencia, desempleado, sin trabajo
2. pasantía, referencias, solicitud, avisos clasificados
3. sueldo, ingresos, aguinaldo, feriado
4. seguros, guardería, empresa, licencia por paternidad
5. sin fines de lucro, carta de recomendación, curriculum, solicitar
6. médico, dental, de vida, matrimonio

ACTIVIDAD **2** **El empleo**

Completa el crucigrama. Recuerda que las palabras no llevan acento en los crucigramas.

Horizontal

2. Le dan esto en el trabajo a una mujer embarazada.
4. Todo el dinero que gana una persona.
6. Es cuando un jefe habla con un candidato a un puesto.
10. Completas esto si quieres un trabajo.

11. Días de fiesta cuando no se trabaja.
12. sin fines de ____
13. la oferta y la ____

Vertical

1. Son prácticas laborales que hacen los jóvenes en el verano.
3. Es tu historia académica y laboral.
5. el ____ dental
7. El pago extra que recibe un empleado.
8. El lugar donde cuidan a niños pequeños.
9. el ____ mínimo

ACTIVIDAD 3 El empleo

Parte A: Escribe **sí** si estás de acuerdo o **no** si no estás de acuerdo con las siguientes oraciones.

1. _____ En los Estados Unidos, un hombre y una mujer ganan la misma cantidad de dinero si tienen el mismo trabajo.
2. _____ El gobierno debe aumentar el salario mínimo para que los trabajadores puedan vivir con dignidad.
3. _____ Un empleado solo debe recibir aguinaldo si su trabajo es excepcional.
4. _____ En los últimos veinte años, los ingresos han subido más que la inflación. Por eso la clase media goza de un mejor nivel de vida.
5. _____ En un país democrático, tener seguro médico estatal es un derecho de todo ciudadano.
6. _____ Es mejor bajar los sueldos de todos los empleados que despedir a algunos.
7. _____ Si hay que despedir a alguien, esta debe ser la última persona empleada.
8. _____ En países como España se valora el tiempo libre. Esto se ve en la cantidad de días feriados (14) y vacaciones (30) que tienen.

Parte B: Reacciona a una de las oraciones de la Parte A, diciendo por qué estás o no estás de acuerdo.

_____
_____
_____
_____
_____
_____
_____
_____

NOTE: *If you already have a summer job or do not plan on working this summer, do* **Actividad 4** *as if you were searching for a job.*

ACTIVIDAD 4 **En busca de empleo**

Parte A: Contesta estas preguntas con oraciones completas.

1. ¿Qué trabajo buscas para este verano? _____
_____

2. ¿Quieres trabajar tiempo completo o medio tiempo? _____
_____

3. ¿Cuánto te gustaría ganar al mes? _____
_____

4. ¿Quieres tener algunos beneficios laborales? ¿Cuáles? _____
_____

5. ¿Va a ser fácil encontrar el trabajo que quieres o va a ser difícil? _____
_____

6. ¿Hay más oferta que demanda de personas en estos puestos? _____
_____

7. ¿Cómo vas a buscar el trabajo? ¿A través de amigos? ¿En los avisos clasificados? ¿En la oficina de empleo de tu universidad? _____
_____

Parte B: ¿Cuáles de estas cosas has hecho ya y cuáles tienes que hacer todavía para conseguir un trabajo para este verano? Contesta con oraciones completas.

1. escribir un curriculum
_____

2. pedir por lo menos tres cartas de referencia
_____

3. completar solicitudes
_____

4. tener entrevistas
_____

ACTIVIDAD 5 **Los beneficios**

Parte A: Numera los siguientes beneficios laborales del más importante (1) al menos importante (9) para un/a empleado/a.

_____ recibir aguinaldo   _____ tener licencia por matrimonio

_____ tener guardería en el trabajo   _____ tener seguro de vida

_____ tener libres los días feriados   _____ tener seguro dental

_____ tener licencia por enfermedad   _____ tener seguro médico

_____ tener licencia por maternidad

Parte B: Ahora, explica por qué seleccionaste el 1 y el 2 como los dos beneficios más importantes y el 8 y el 9 como los dos menos importantes.

_____

_____

_____

_____

_____

_____

ACTIVIDAD 6 El español y el empleo

Termina estas oraciones que dijeron diferentes profesionales sobre la importancia de aprender español. Usa el infinitivo o el presente del subjuntivo de los verbos que se presentan.

1. **Una periodista deportivo**

   "Estudio español para que mis jefes me _____ a entrevistar a deportistas de habla española, especialmente a jugadores de béisbol y para _____ a la República Dominicana para _____ un artículo sobre la liga de ese país. Quiero poder entrevistar al próximo David Ortiz o Pedro Martínez antes de que _____ famoso." (mandar, ir, escribir, ser)

2. **Una doctora**

   "Estudio español en caso de que el hospital donde trabajo _____ a pacientes que no hablen inglés, pero también para _____ artículos de publicaciones de otros países." (admitir, leer)

3. **Un músico**

   "Antes de _____, quiero sacar un disco en Latinoamérica. Y por eso, a menos que millones de personas _____ aprender inglés, más vale que yo aprenda su idioma. Y voy a sacar el disco siempre y cuando mi pronunciación _____ buena porque no hay nada peor que un cantante con acento." (morirse, decidir, ser)

ACTIVIDAD 7 La búsqueda de trabajo

Muchos estudiantes universitarios empiezan a buscar trabajo antes de terminar sus estudios. Termina estas oraciones que se podrían oír entre los universitarios usando el infinitivo o el presente del subjuntivo.

Me van a ofrecer un trabajo...

1. para _____ ayudante personal de un jefe. (ser)
2. antes de que yo _____ título universitario. (tener)
3. para que yo _____ tener experiencia trabajando en el extranjero. (poder)
4. siempre y cuando _____ todas mis asignaturas. (aprobar)
5. sin _____ en persona. (entrevistarme)

Voy a aceptar el trabajo...

6. a menos que ellos no _____ el pasaje. (pagarme)
7. para _____ más experiencia. (tener)
8. con tal de que la empresa _____ alojamiento. (darme)
9. sin _____ un sueldo alto. (tener)
10. a menos que yo _____ otra oferta mejor. (recibir)
11. siempre y cuando ellos _____ seguro médico. (incluir)

ACTIVIDAD 8 Las reglas

En cada trabajo hay reglas. Forma oraciones sobre las reglas que existen usando el infinitivo o el presente del subjuntivo. ¡Ojo! A veces se necesita agregar un segundo sujeto.

1. Los camareros se lavan las manos para que _____

   _____

2. Los periodistas pueden revelar quiénes son sus fuentes de información (*informants*)
   siempre y cuando _____

   _____

3. Los empleados de oficina no pueden faltar al trabajo por enfermedad más de tres días
   seguidos sin que _____

   _____

4. Los psicólogos no deben hablar de los problemas de sus pacientes sin _____

   _____

ACTIVIDAD 9 La crianza

Contesta estas preguntas sobre la crianza de los niños. (Si ya tienes hijos, escribe sobre tus futuros nietos.) Incorpora en tus respuestas las conjunciones que aparecen entre paréntesis.

Si algún día tienes hijos,...

1. ¿vas a regalarles juguetes bélicos? (para que) _____

   _____

2. ¿les vas a dar información sobre enfermedades como el SIDA (*AIDS*)? (a menos que) _____

   _____

3. ¿piensas darles educación religiosa? (para que) _____

_____

4. ¿vas a mandarlos a una escuela pública o privada? (a menos que) _____

_____

5. ¿quieres que trabajen mientras estudien en la escuela secundaria? (con tal de que) _____

_____

_____

ACTIVIDAD 10 ¿Qué dijo?

Escribe esta conversación en el pasado usando el estilo indirecto (*reported speech*).

    Ana: ¿Piensas ir al cine el sábado?

Marcos: No sé, ¿por qué?

    Ana: Van a dar una serie de películas con Benicio del Toro.

Marcos: Puede ser interesante. ¿Has invitado a Paco?

    Ana: Lo llamé pero no lo encontré en casa. Le dejé un mensaje y va a llamarme.

Marcos: ¡Uy! No va a poder ir. Tiene que trabajar los sábados por la noche.

Ana le preguntó a Marcos si _____ (1) ir al cine el sábado. Él le contestó que

no _____ (2) y le preguntó por qué. Ella le explicó que _____

(3) a dar una serie de películas con Benicio del Toro. Marcos le dijo que _____

(4) ser interesante y le preguntó si _____ (5) a Paco. Ella le respondió que lo

_____ (6) pero que no lo _____ (7) en casa. Añadió que le

_____ (8) un mensaje y que él _____ (9) a llamarla. Marcos

dijo que Paco no _____ (10) a poder ir porque _____ (11) que

trabajar los sábados por la noche.

ACTIVIDAD 11 En la oficina

Juan le cuenta a una compañera de trabajo lo que dijo su jefe usando el estilo indirecto.

Lo que dijo el jefe	Lo que Juan le dice a su compañera
1. "No quiero tener más problemas con el sindicato."	Dijo que _____ _____
2. "Sé que hubo problemas en el pasado con algunas personas."	Me comentó que _____ _____ _____

3. "Asistí a un curso de relaciones
   públicas y aprendí mucho."

   Añadió que _____
   _____
   _____

4. "Todos van a recibir un aumento de
   sueldo del 3,8% y voy a invertir dinero
   en programas nuevos de computación."

   Comentó que _____
   _____
   _____

5. "Pienso ser más comprensivo en el
   futuro."

   Explicó que _____
   _____
   _____

6. "¿Me ha entendido? ¿Tiene alguna
   sugerencia?"

   Me preguntó si _____
   _____
   _____

ACTIVIDAD 12 Se busca vendedor/a

Acabas de entrevistar a una mujer para un puesto de vendedora en tu empresa y tienes que escribir un informe sobre la entrevista. Usa **ni... ni, ni siquiera** y **o... o** cuando sea posible.

Requisitos para el puesto	Experiencia y conocimientos de Victoria Junco
escribir a máquina 60 palabras por minuto	escribir a máquina 60 palabras por minuto
Microsoft, Excel, Flash y PhotoShop	Microsoft y Excel
tres años de experiencia en una empresa	un año de experiencia en la biblioteca de la universidad
hablar francés y alemán	hablar italiano e inglés
terminología médica y legal	tener buena presencia y cartas de referencia excelentes

Victoria Junco escribe a máquina 60 palabras por minuto y sabe usar Microsoft y Excel, pero no sabe _____

_____
_____
_____
_____
_____
_____
_____
_____
_____
_____
_____
_____

ACTIVIDAD 13 **¿Qué pasa?**

El hijo de la familia Gris, que acaba de cumplir dieciocho años, organizó una fiesta. El padre echa un vistazo (*looks around*) para ver qué tal va la fiesta de su hijo y le cuenta a su esposa lo que está pasando. Escribe qué está diciendo el padre. Usa pronombres de complemento directo o el **se** reflexivo o recíproco.

Madre: ¿Qué hacen Ana y Pepe?

Padre: Ellos _____. (1. mirar)

Madre: ¿Y Raúl?

Padre: Él _____. (2. mirar)

Madre: Claro. El pobre está celoso. ¿Y Beto?

Padre: Ese vanidoso, como siempre _____

_____. (3. mirar en el espejo / peinar)

Madre: ¿Y Jorge y Laura?

Padre: Él _____. (4. besar)

Madre: ¡Qué buena pareja! ¿Y llegaron Pablo y Paco?

Padre: Sí, Pablo acaba de llegar y ellos _____ en este momento. (5. saludar)

Madre: ¿Y qué hacen Enrique, Marta y Luz?

Padre: Nada en particular, ellos _____. (6. hablar)

ACTIVIDAD [14] **La pareja**

Piensa en una pareja que conoces bien y contesta estas preguntas.

1. ¿Se besan y se abrazan mucho en público? Si contestas que sí, ¿te molesta o no te importa?

   _____

   _____

2. ¿Tardan horas en despedirse cada noche? _____

   _____

3. ¿Se pelean mucho, a veces o nunca? Si contestas mucho o a veces, ¿lo hacen en público? ¿Te molesta o no te importa? _____

   _____

4. ¿Crees que se lleven bien? En tu opinión, ¿deben casarse? ¿Por qué sí o no?

   _____

   _____

ACTIVIDAD [15] **La entrevista laboral**

Completa esta parte de un mail donde le cuentas a un amigo cómo te fue en una entrevista laboral. Usa pronombres de complementos directo o indirecto y pronombres reflexivos o recíprocos.

Primero, el director _____ (1) dio la mano y _____ (2) saludó. _____ (3) miramos el uno al otro por unos segundos para formar una primera impresión. Después _____ (4) sentamos y _____ (5) hizo unas cuantas preguntas sobre mi experiencia laboral; _____ (6) dije que había trabajado para ti y es probable que _____ (7) llame. Cuando _____ (8) hables, quiero que le digas que _____ (9) ayudé con el proyecto en Maracaibo porque eso le va a causar una buena impresión. Más tarde _____ (10) expliqué algunas ideas que tengo sobre cómo mejorar la producción de la compañía. Le mostré un plan de producción y _____ (11) miró con mucho cuidado. Al terminar la entrevista, él llamó a una colega y _____ (12) hablaron en voz baja durante un par de minutos sobre mis capacidades. Al final _____ (13) despedimos y _____ (14) dijo que _____ (15) va a llamar la semana que viene. Creo que puedo trabajar para este señor. Él y yo _____ (16) vamos a llevar muy bien.

ACTIVIDAD [16] **El trabajo ideal**

Parte A: Describe en una oración el trabajo de tus sueños. Después, anota tres cosas que nunca has estudiado ni has hecho, pero que te gustaría hacer para estar mejor preparado/a para el empleo de tus sueños.

El trabajo de mis sueños es _____

→ Nunca he vivido en un país de habla española por un período largo.

1. _____
   _____

2. _____
   _____

3. _____
   _____

Parte B: Explica tus respuestas de la Parte A. Usa **antes de (que)** y **para** en tus respuestas.

→ **Antes de solicitar un trabajo en el departamento de marketing de una compañía internacional, quisiera vivir en un país de habla española para poder dominar el idioma y entender la cultura.**

1. _____
   _____
   _____

2. _____
   _____
   _____

3. _____
   _____
   _____

Parte C: Escríbele un mail a un/a amigo/a para convencerlo/la de que te acompañe a hacer una de las cosas que mencionaste en la Parte A. Usa frases como **en caso de que, con tal de que, a menos que, sin que** y **para que**.

→ **¿Has pasado mucho tiempo en Suramérica? Pues yo no, pero me gustaría. Te invito a ir conmigo con tal de que me prometas no hablar inglés nunca. Es que quiero...**

_____
_____
_____
_____
_____
_____
_____
_____
_____
_____

Es una obra de arte

ACTIVIDAD **1** **Definiciones**

Marca la letra de la definición que mejor describe cada verbo.

1. _____ apreciar
2. _____ burlarse de algo
3. _____ censurar
4. _____ criticar
5. _____ interpretar
6. _____ simbolizar

a. dar dinero para apoyar una exhibición
b. poder gozar de algo por su belleza o su mensaje
c. representar una cosa con otra
d. buscar un significado a base de observación
e. encontrar tanto aspectos negativos como positivos
f. poner algo en ridículo
g. prohibir

ACTIVIDAD **2** **La palabra apropiada**

Selecciona la palabra apropiada y escríbela en el espacio en blanco.

1. LeBron James puede ganar mucho dinero al vender su _____.
   (imagen / símbolo)

2. Al mirar el cuadro *Las meninas*, la obra maestra de Velázquez, se puede ver un
   _____ del pintor mismo adelante a la izquierda. (retrato / autorretrato)

3. A mi madre le gustaba mucho la _____ que hacía Siskel en su programa con
   Ebert. Hoy día ella prefiere leer comentarios de la gente en sitios como
   rottentomatoes.com e imdb.com. (censura / crítica)

4. Por ser un _____ de vanguardia, recibió dinero de la Fundación Juan March.
   Ahora mismo una galería de Soho tiene una exhibición de sus obras. (artista / mensaje)

5. El _____ de Macintosh es una manzana. (imagen / símbolo)

6. Picasso pintó *Guernica*, su _____, mientras vivía en París. (obra maestra /
   autorretrato)

7. Hoy día se venden muchas _____ de cuadros de Frida Kahlo.
   (reproducciones / paisajes)

8. Nunca entiendo por completo el arte religioso porque usan muchos _____
   que yo no conozco. (retratos / símbolos)

9. Cuando veo una obra _____ nunca sé qué quiere expresar el artista.
   (abstracta / burla)

NOTE: *Remember that* **arte** *always takes the article* **el** *and is frequently modified by a masculine adjective (* **el arte moderno**), *but that* **artes** *takes the article* **las** *and is modified by a feminine adjective (* **las bellas artes, las artes plásticas**).

ACTIVIDAD 3 | **La inspiración**

Contesta estas preguntas.

1. Se dice que para ser artista uno tiene que sufrir. ¿Estás de acuerdo con esta afirmación?

_____

_____

_____

2. ¿Cuáles son algunas fuentes de inspiración que tienen los artistas?

_____

_____

_____

3. ¿Crees que los grandes artistas del pasado hayan tenido habilidad innata? ¿Es posible llegar a ser artista con solo estudiar?

_____

_____

_____

_____

ACTIVIDAD 4 | **Arte popular**

Expresa tu opinión al contestar estas preguntas sobre el arte.

1. Existe un tipo de arte popular que se ve todos los días en el periódico: las tiras cómicas. ¿Cuál es una de las tiras cómicas que más se burla de los políticos?

_____

_____

2. A veces los periódicos censuran ciertas tiras cómicas por hacer una sátira demasiado directa y ofensiva. ¿Alguna vez te has ofendido por algo que viste en una tira cómica? Si contestas que sí, explícalo. _____

_____

_____

_____

_____

Si contestas que no, ¿bajo qué circunstancias crees que se deba censurar una tira cómica? _____

_____

_____

_____

3. En muchos anuncios publicitarios, las imágenes ayudan al público a formar ciertas ideas relacionadas con sus productos. Por ejemplo, algunas compañías que venden crema para la cara quieren que creas que has encontrado la fuente de la juventud. Explica algún anuncio que hayas visto y las ideas que fomenta.

_____

_____

_____

4. ¿Crees que los anuncios de cigarrillos y alcohol glorifiquen la costumbre de fumar y beber? Da ejemplos para apoyar tu opinión.

_____

_____

_____

ACTIVIDAD 5 La imagen

Las imágenes que usan en sus anuncios son muy importantes para las grandes compañías. Mira las siguientes partes de anuncios y comenta en qué te hace pensar cada imagen.

→ **La imagen me hace pensar en...**   **Es posible que sea un anuncio para...**

¡BUENA COMPRA!

_____

_____

_____

_____

_____
_____
_____
_____
_____

¡Haz la inversión de tu vida!

_____
_____
_____
_____
_____
_____

NOTE: _Form the imperfect subjunctive using the third person plural of the preterit as the base._

ACTIVIDAD 6 Goya

Completa esta descripción de la vida de Francisco de Goya con el imperfecto del subjuntivo de los verbos que se presentan.

Francisco de Goya nació en Fuendetodos en 1746, pero su familia se mudó a Zaragoza

cuando Goya era pequeño porque su padre quería que él _____ (1. recibir)

una buena educación. Allí aprendió a leer y a escribir. Después estudió con los jesuitas, y un

cura le dijo que _____ (2. desarrollar) su habilidad para dibujar y le sugirió que

_____ (3. copiar) los cuadros de Luzán, pintor local de poca importancia. Muy pronto, asimiló técnicas básicas de pintura y más tarde fue a Madrid y a Italia para aprender otras técnicas y para tener otras fuentes de inspiración.

Como pintor, fue único en su época. En sus *Caprichos*, unos grabados al aguafuerte (*etchings*), obligó al público a que _____ (4. entender), a través de la sátira, cómo era la sociedad. En 1799, llegó a ser el pintor preferido de los Reyes. Él quería que el pueblo _____ (5. ver) a la familia real tal como era, y por eso la pintó con un realismo que no solo mostraba las buenas cualidades de la familia sino también sus defectos. Durante una larga vida de 82 años, Goya pasó por épocas difíciles en la historia española. La invasión napoleónica de principios del siglo XIX lo dejó horrorizado y, como resultado, quiso que sus obras _____ (6. representar) toda la angustia producida por la guerra sin glorificarla de ninguna forma. Para otros pintores anteriores a Goya, era imprescindible que la gente _____ (7. conocer) los triunfos de las guerras, pero Goya esperaba que su público _____ (8. enfrentarse) a la realidad trágica que él veía diariamente.

A los 70 años, Goya empezó una serie de obras sobre la tauromaquia, en la cual nos enseña todos los aspectos de la corrida de toros. Más tarde, pintó los *Cuadros negros*, llamados así por ser el negro el color predominante y por su contenido horroroso. Los pintó en las paredes de su casa, La Quinta del Sordo, llamada así porque Goya se quedó sordo a la edad de 46 años. El mundo conoció estos cuadros cincuenta años después de su muerte. Los pintó durante la última parte de su vida, en la cual vio grandes cambios sociales, y durante la cual probó diferentes estilos de pintura. Así logró mostrar la sociedad de aquel entonces tal como era sin que nadie _____ (9. poder) ver una versión idealizada de la realidad.

ACTIVIDAD 7 Las exigencias

Forma oraciones para decir qué querían o no querían las siguientes personas que tú y tus compañeros hicieran cuando estaban en la escuela secundaria.

1. Mis padres prohibirme / que yo consumir drogas

   _____

   _____

2. Los entrenadores insistir en / que nuestro equipo de fútbol no tomar alcohol

   _____

   _____

3. La profesora de historia exigirnos / que nosotros entregar los trabajos a tiempo

_____

_____

4. Mi consejero insistirme en / que yo asistir a la universidad

_____

_____

5. Mis abuelos querer / que yo aprender a tocar un instrumento musical

_____

_____

6. Mis amigos querer / que yo no trabajar durante el verano

_____

_____

7. El profesor de matemáticas esperar / que nosotros sacar buenas notas

_____

_____

ACTIVIDAD 8 Oído en una reunión familiar

Estás en una reunión familiar y escuchas las siguientes frases de gente que está a tu alrededor. Complétalas con el presente del subjuntivo o el imperfecto del subjuntivo de los verbos que se presentan.

1. Me alegró que REPSOL le _____ un puesto de tanta responsabilidad a Ramón. (ofrecer)

2. Nos rogó que le _____ la foto de su hermana de cuando ella tenía cinco años. (dar)

3. Dudo que ella _____ una solución a los problemas que tiene con su marido. (encontrar)

4. Tu madre sintió mucho que tú no _____ ir a casa para Navidad el año pasado. (poder)

5. Les recomendé que _____ a una universidad norteamericana para hacer estudios de posgrado. (asistir)

6. Quiero que tú _____ a los padres de tu novia a comer en casa el sábado. (invitar)

7. Fue una pena que doña Matilde nunca _____ a América para conocer a sus nietos. (viajar)

ACTIVIDAD 9 Miniconversaciones

Completa las siguientes conversaciones que se oyeron en una exhibición de arte. Usa el presente del subjuntivo, el pretérito perfecto del subjuntivo o el imperfecto del subjuntivo.

1. —¿Dónde quiere que _____ esta escultura?

   —Al lado de la ventana. (poner)

2. —¿Crees que ya _____ la pintora Vargas?

   —No sé, no la veo. (llegar)

3. —No entiendo el arte moderno. ¿Qué expresa este cuadro?

   —¿Ves esta imagen? Pues, el artista quería que nosotros _____ cuenta de lo inhumano que puede ser el mundo. (darse)

4. —Esperaba que la galería _____ obras de artes plásticas.

   —Yo también. Es una lástima que no lo _____. (incluir, hacer)

5. —¿Quiere Ud. que le _____ un poco de champaña?

   —Sí, por favor. (servir)

6. —¿Por qué pintó al gato de color verde?

   —Para que la gente _____ la esperanza que tenía el hombre. (ver)

ACTIVIDAD 10 Las malas influencias

Los años de la adolescencia no son fáciles. Di tres cosas que tus amigos querían que tú hicieras, pero que te negaste a hacer por ser ilegales, malas o simplemente por ir en contra de tus valores personales.

1. Mis amigos querían que yo _____

   _____

2. Mis amigos insistían en que yo _____

   _____

3. Mis amigos esperaban que yo _____

   _____

ACTIVIDAD 11 Busqué...

Para cada situación escoge la opción más importante para ti al buscar universidad y luego completa la oración.

1. ofrecer un buen programa de ciencias / ofrecer un buen programa de humanidades

   Busqué una universidad que _____.

2. tener una reputación académica buena / tener residencias estudiantiles bonitas

   Busqué una universidad que _____.

3. ofrecerme una beca / darme un trabajo

   Busqué una universidad que _____.

4. tener una filosofía liberal / tener una filosofía conservadora

   Busqué una universidad que _____.

5. haber una vida extracurricular amplia / haber un buen programa deportivo

   Busqué una universidad donde _____.

6. ser grande / ser pequeña

   Busqué una universidad que _____.

7. estar cerca de la casa de mis padres / estar lejos de la casa de mis padres

   Busqué una universidad que _____.

ACTIVIDAD 12 Siempre hay cambios

En los últimos cincuenta años, el mundo ha pasado por muchos cambios, no solo tecnológicos sino también sociales. Termina estas oraciones sobre los efectos de estos cambios.

1. Cuando se casó mi abuela, ella quería que su esposo _____

   _____.

2. Cuando las mujeres de mi generación se casan, ellas quieren que su esposo _____

   _____.

3. Cuando se casó mi abuelo, él esperaba que su esposa _____

   _____.

4. Cuando los hombres de mi generación se casan, ellos esperan que su esposa _____

   _____.

5. Cuando mis padres eran pequeños, mis abuelos querían que ellos _____

   _____.

6. Los padres de hoy en día quieren que sus hijos _____

   _____.

ACTIVIDAD 13 Un grabado

Contesta las preguntas sobre el grabado al aguafuerte de Goya que está en la página siguiente. El grabado pertenece a *Los caprichos*. La mujer se mira en un espejo para arreglarse porque hoy cumple 75 años y espera la visita de unas amigas jóvenes.

1. ¿Cuántas personas hay en el grabado y qué hacen?

   _____

   _____

   _____

2. Describe físicamente a la persona principal. Incluye detalles.

   _____

   _____

   _____

3. Según el contenido y el título, ¿en qué quería Goya que pensáramos al ver este grabado?

   _____

   _____

   _____

4. ¿Crees que las mujeres sean vanido-sas (*vain*) en cuanto a su apariencia física? Justifica tu respuesta.

_____

_____

_____

_____

_____

_____

5. ¿Crees que los hombres sean vanidosos en cuanto a su apariencia física? Justifica tu respuesta.

_____

_____

_____

_____

_____

_____

_____

Photograph © 2004 Museum of Fine Arts, Boston

Hasta la muerte

ACTIVIDAD 14 El papel del arte

Termina estas oraciones para mostrar el papel del arte en la sociedad, según diferentes puntos de vista.

→ Muchos artistas querían... que su arte / provocar discusión

Muchos artistas querían que su arte provocara discusión.

Muchos artistas querían...

1. que su arte / educar al público

_____.

2. que su arte / provocar interés en un tema

_____.

3. que su arte / criticar las injusticias sociales

_____.

4. que su arte / entretener al público

_____.

La Iglesia esperaba...

5. que el arte / inspirar la creencia en lo divino

_____.

6. que el arte / inculcar valores morales

_____.

7. que el arte / mostrar el camino al cielo

_____.

8. que el arte / llevarles la palabra de Dios a los analfabetos

_____.

Muchos gobiernos insistían en...

9. que el arte / servir de propaganda

_____.

10. que el arte / no contradecir su ideología

_____.

11. que el arte / glorificar hechos históricos

_____.

12. que el arte / inspirar actos de patriotismo

_____.

ACTIVIDAD 15

En la Actividad 14, formaste oraciones sobre lo que querían los artistas, la Iglesia y los gobiernos. En tu opinión, ¿cuál es el papel más importante del arte en la sociedad?

Creo que el papel del arte en la sociedad es principalmente _____

_____

_____

_____

ACTIVIDAD 16 Obras importantes

Cambia las siguientes oraciones de la voz activa a la voz pasiva.

→ Seleccionaron a Santiago Calatrava para diseñar la terminal de transporte público del World Trade Center.

Santiago Calatrava fue seleccionado para diseñar la terminal de transporte público del World Trade Center.

1. Velázquez pintó el cuadro _Las meninas_.

_____

2. Miguel Ángel esculpió *La piedad*.

_____

3. Antonio Gaudí creó las esculturas del Parque Güell en Barcelona.

_____

4. Juan O'Gorman hizo el mosaico gigantesco de la biblioteca de la Universidad Nacional Autónoma de México.

_____

_____

5. Nacho y José María Cano del grupo Mecano compusieron la canción "Dalí".

_____

6. Frank Gehry diseñó el Museo Guggenheim de Bilbao.

_____

7. Diego Rivera hizo un mural para el Centro Rockefeller en Nueva York, pero Nelson Rockefeller lo cubrió y luego lo quitó porque tenía la imagen de Lenin.

_____

_____

_____

ACTIVIDAD 17 Opiniones

Termina estas oraciones con el **se pasivo** de los verbos indicados.

1. Con frecuencia _____ las obras de arte que tienen mensajes políticos. (criticar)

2. El mes que viene, _____ las pinturas de Elena Climent en una galería de Nueva York. (exhibir)

3. Muchas veces _____ el arte cuando suben los fascistas al poder. (censurar)

4. En el cuadro, _____ esta figura de muchas maneras diferentes. (poder interpretar)

NOTA: *Elena Climent es una artista mexicana que vive en Nueva York.*

ACTIVIDAD 18 Climent

Termina este mail que le escribió Fernando a su amiga Carolina sobre una exhibición de arte que vio. Completa los espacios con la forma apropiada del verbo indicado. ¡Ojo! Muchos son infinitivos.

Paisaje de Pátzcuaro en blanco y negro,
Elena Climent, mexicana (1955–).

Querida Carolina:

Al _____ (1. entrar) en la galería, me quedé boquiabierto cuando vi la exhibición de Elena Climent. ¡Qué talento! Me encantó _____ (2. ver) esas pinturas tan realistas que parecían fotografías. No sé cómo las _____ (3. hacer) la artista. Debe _____ (4. trabajar) con fotografías. Puedo _____ (5. imaginar) su estudio: todo lleno de pequeñas escenas en que se mezclan cosas típicas de la vida diaria como latas, cartones, libros, una cuchara... cosas que la gente _____ (6. usar) todos los días. Y claro, supongo que ella tiene muchas fotos de diferentes escenas, como un rincón de la cocina de una casa, una mesita enfrente de una ventana, etc., para luego poder pintarlas. Es que con un arte tan realista, es imposible _____ (7. pensar) que Climent no _____ (8. pintar) a base de fotos. Debe _____ (9. tener) algún modelo y en obras como las suyas, es imprescindible _____ (10. trabajar) con fotos.

No hay que _____ (11. ser) mexicano para _____ (12. apreciar) sus obras, pero es cierto que sí _____ (13. reflejar) la cultura mexicana de una época determinada. Al ver esa exhibición me dieron ganas de ir a México. Ahora quiero _____ (14. ver) más obras de artistas mexicanos y quiero que tú me _____ (15, acompañar). ¿Quieres _____ (16. ir) a México?

ACTIVIDAD 19 Miniconversaciones

Completa estas conversaciones con las siguientes frases. No repitas ninguna frase.

por casualidad	por el otro	por si acaso
por cierto	por lo general	por un lado
por ejemplo	por lo menos	

1. —_____, el gobierno quiere que nosotros lo apoyemos en todo lo que hace.

    —Sí, pero _____, quiere acabar con todos los programas sociales.

2. —Vi a Fernando hoy.

    —¿Tenías cita con él?

    —¡Qué va! Lo encontré _____. No esperaba verlo.

3. —Debes llevar un paraguas.

    —¿Por qué? No parece que va a llover.

    —A mí me parece que sí. Llévalo _____.

4. —Cada vuelo que he tomado con esta aerolínea llega tarde.

    —Sí, pero _____ nunca te han perdido las maletas y eso es mejor que en otras líneas aéreas.

5. —¿Oíste el último disco compacto que grabó Olga Tañón?

    —Sí, es buenísimo. _____, compré otro disco de ella anteayer.

    —¿Cuál?

    —"Éxitos en 2 tiempos".

ACTIVIDAD 20 Exprésate

¿Qué es el arte para ti?

_____

_____

_____

_____

_____

_____

_____

_____

_____

_____

_____

_____

Las relaciones humanas

ACTIVIDAD 1 ¿Cómo será?

Para cada situación lee cómo era tu vida y la vida de otros estudiantes cuando estabas en la escuela secundaria. Luego completa las oraciones para predecir cómo será la vida de los jóvenes dentro de veinte años.

1. Recuerdo que los chicos llevaban pantalones muy grandes y zapatos de Doc Marten, pero en el futuro el estudiante típico _____ ropa desechable. (llevar)

2. Yo veía películas en video en casa y tenía más o menos 150 canales de televisión, pero en el futuro estoy seguro que los estudiantes _____ ver películas con una calidad de imagen mil veces superior y _____ miles de canales de todo el mundo. (poder, tener)

3. Antes mandábamos cartas por correo y tardaban más o menos dos días en llegar de una ciudad a otra, pero dentro de veinte años no _____ más el correo pues _____ obsoleto. (existir, ser)

4. Nosotros tardábamos seis horas en viajar de Nueva York a París, pero dentro de veinte años _____ vuelos de dos horas para hacer el mismo viaje. (haber)

5. Antes pagábamos en las tiendas con dinero o tarjetas de crédito, pero dentro de veinte años _____ común poner un código personal en una máquina para pagar algo. (ser)

6. Usábamos llave para entrar en las casas, pero en el futuro los estudiantes _____ las huellas digitales de los dedos para abrir las puertas. (usar)

ACTIVIDAD 2 Promesas de Año Nuevo

Escribe las promesas que hicieron estas personas para el Año Nuevo.

→ Ana: usar más el transporte público
Ana usará más el transporte público.

1. Juan: no comer comidas de muchas calorías

_____

2. Paulina: encontrar trabajo

_____

3. Julián: dejar de fumar

_____

4. José Manuel: irse de la casa de los padres y buscar apartamento

_____

5. Josefina: mejorar su vida social y hacer nuevos amigos

_____

6. Jorge: decir siempre la verdad

_____

7. Marta: ir más al teatro

_____

8. Angelita: comer menos en restaurantes y así poder ahorrar más dinero

_____

ACTIVIDAD ⎣3⎦ **Tu futuro**

Parte A: Marca si estas actividades formarán parte de tu futuro o no.

		Sí	No	Es posible
1.	trabajar en algo relacionado con educación	❐	❐	❐
2.	vivir en otro país durante un período largo	❐	❐	❐
3.	hacer estudios de posgrado	❐	❐	❐
4.	tener hijos	❐	❐	❐
5.	participar en campañas políticas	❐	❐	❐
6.	dedicar parte de tu tiempo a hacer trabajo voluntario	❐	❐	❐

Parte B: Ahora, basándote en tus respuestas de la Parte A, escribe oraciones sobre tu futuro.

→ **(No) Trabajaré en algo relacionado con la educación. / Es posible que trabaje en algo relacionado con la educación.**

1. _____
2. _____
3. _____
4. _____
5. _____
6. _____

ACTIVIDAD ⎣4⎦ **El ADN**

Parte A: Piensa en tus parientes mayores y marca las características que los describen.

❐ ser calvos   ❐ tener pelo canoso
❐ ser gordos   ❐ ser delgados
❐ ser activos   ❐ ser sedentarios
❐ ser musculosos   ❐ ser débiles
❐ tener arrugas   ❐ no tener arrugas
❐ llevar gafas   ❐ tener vista perfecta

Parte B: Ahora, predice cómo serás tú en el futuro.

_____

_____

_____

_____

_____

ACTIVIDAD 5 **Miniconversaciones**

Completa las siguientes conversaciones con el condicional de los verbos que se presentan.

1. —Imagina que puedes pedir cualquier deseo que quieras. ¿Qué _____? (pedir)
   —No tengo idea.

2. —Mira a esa señora. Está poniéndose un sándwich en la bolsa. Voy a decirle al vendedor.
   —Yo no le _____ nada. Pobre mujer. Debe tener hambre y no debe tener
   dinero. Nosotros le _____ comprar el sándwich, ¿no? (decir, poder)

3. —Claudio y yo nunca _____ un crucero. No nos gustan para nada. (hacer)
   —En cambio, a mí me encantan los cruceros. El año pasado hicimos uno por el Caribe.

4. —¿Viste que despidieron a Carlos?
   —Pobre hombre. Él y su esposa no tienen ni un peso y tienen tres hijos que mantener. Yo
   creo que en su situación _____ muy desesperado. (estar)

5. —¿Te parece que le diga a Marcos que su comentario fue ofensivo?
   —Yo que tú no le _____ atención a los comentarios que hace. (poner)

6. —¡Qué casa tan bella!
   —Es fantástica. Imagínate esa casa en Barcelona, ¿cuánto crees que _____?
   (valer)

7. —Paula, ¿qué te _____ para tu cumpleaños? (gustar)
   —Bueno, mamá, ya que me lo preguntas... _____ un viaje a Guatemala.
   (querer)

ACTIVIDAD 6 **¿Qué harían?**

Lee las siguientes situaciones y escribe qué harían Carmen y Sara.

1. Saca una mala nota en un examen y piensa que el profesor se equivocó.
   Carmen: ir a ver al jefe de la facultad y quejarse

   _____

   Sara: aceptar la nota y no hacer nada

   _____

2. Encuentra en la calle una billetera que contiene dinero, tarjetas de crédito y fotos personales.

Carmen: sacar el dinero y dejarla allí

_____

Sara: tomar el dinero, pero llamar a la persona que la perdió para devolverle el resto del contenido

_____

_____

3. Tiene que cuidar al gato de un amigo, pero tiene un pequeño accidente: al sacar el carro del garaje mata al gato.

Carmen: comprar un gato casi igual y no decirle nada

_____

Sara: decirle que otra persona lo mató

_____

ACTIVIDAD 7 | **Yo que tú**

Un amigo te pide ayuda. Dile qué harías en su lugar. Empieza cada oración con **Yo que tú** + _condicional._

1. Creo que mi jefa quiere tener relaciones amorosas conmigo.

_____

_____

2. Mi prima que tiene 15 años quiere hacerse un tatuaje con el nombre del novio.

_____

_____

3. Mi hermana quiere vivir con el novio y no me cae bien ese chico.

_____

_____

4. Es posible que yo una tenga una úlcera.

_____

_____

> **NOTE:** _If the independent clause contains the conditional, use the imperfect subjunctive in the dependent clause._

ACTIVIDAD 8 | **Un poco de cortesía**

Tu primo es muy descortés. Cambia lo que dice por una forma más cortés. Usa el condicional y frases como **me podrías, querría que, me gustaría que.**

Directo y a veces descortés	**Cortés**
1. Hazme un sándwich.	1. ¿Me podrías _____ _____?
2. Quiero que me des 1.000 pesos.	2. Querría que _____ _____.
3. Cambia de canal.	3. Me gustaría que _____ _____.
4. ¿Dónde está mi chaqueta?	4. ¿Me podrías _____ _____?

ACTIVIDAD 9 ¿Qué hora será?

Parte A: Primero lee lo que está haciendo la gente en diferentes ciudades del mundo. Luego usa el futuro de probabilidad y las horas que se presentan para especular qué hora es en cada lugar.

→ En Santiago de Chile la gente está bailando.

Serán las 10 de la noche.

4 a. m.   1 p. m.   10 p. m.

7 a. m.   5 p. m.

1. En Madrid la gente está terminando de cenar.

   _____

2. En Hong Kong la gente está durmiendo.

   _____

3. En Sydney la gente está desayunando.

   _____

4. En Buenos Aires la gente está tomando el té como se toma en Inglaterra.

   _____

5. En San Francisco la gente está empezando a almorzar.

   _____

Parte B: Ahora escribe qué otras cosas estará haciendo la gente de esos lugares en este momento. Usa el futuro de probabilidad y las siguientes acciones para especular sobre el presente. No repitas ninguna acción.

beber jugo de naranja   hacer la sobremesa   tomar la sopa
comer una porción de pastel   soñar

1. En Madrid la gente también _____.
2. En Hong Kong la gente _____.
3. En Sydney la gente _____.
4. En Buenos Aires la gente _____.
5. En San Francisco la gente _____.

ACTIVIDAD 10 ¿Dónde y qué?

Escribe dónde piensas que estarán y qué piensas que harán las siguientes personas en este momento. Usa el futuro de probabilidad para especular sobre el presente.

1. tu profesor/a de español _____

   _____

2. tu madre _____

   _____

3. tu mejor amigo _____

   _____

4. tu mejor amiga _____

   _____

ACTIVIDAD 11 Usa la lógica

Lee la siguiente historia y luego intenta deducir a qué hora hizo el adolescente las actividades que están en negrita. Usa frases como **sería/n la/s... cuando...**

Era pleno invierno y Peter **se despertó** justo cuando salía el sol y se levantó rápidamente para no llegar tarde a la escuela. En la escuela pasó un día como cualquier otro excepto que para el almuerzo **tuvo que almorzar** con un profesor por tirar papeles en clase. Por la tarde, asistió a clase y se portó como un ángel. Al **salir** de la escuela, se fue a la casa de su amigo Joe. Al caer el sol, los muchachos fueron a una tienda a comprar unas camisetas y volvieron a casa de Joe. A la hora de la cena, Peter **regresó** a casa y luego escuchó música en su cuarto hasta que su madre terminó de ver el noticiero vespertino (*night*) por televisión y le dijo que **apagara la luz**.

1. despertarse _____
2. tener que almorzar _____

   _____

3. salir _____
4. regresar _____
5. apagar la luz _____

   _____

ACTIVIDAD 12 Un crucigrama

Completa este crucigrama sobre las relaciones humanas. Recuerda que en los crucigramas, las palabras no llevan acento.

Horizontal

1. Creer en la palabra de otra persona.

3. Un adolescente que no les hace caso a sus padres se dice que es ___.

4. Un hombre que hace todo lo que le dice su pareja sin cuestionar.

5. Cuando un joven puede mantenerse solo económicamente.

9. Cuando dos personas no pueden entenderse se dice que hay falta de ___.

10. Dar de comer, vestir y educar a los hijos es la ___.

13. Cuando a un niño se le da todo lo que quiere.

Vertical

1. Cuando una persona no le es fiel a otra se dice que le pone los ___.

2. Lo contrario de moral es ___.

6. La acción de interferir en la vida de alguien.

7. Cuando dos personas viven juntas.

8. La sociedad donde la persona que toma decisiones es la mujer.

11. Lugar donde vive la gente mayor que no puede vivir sola.

12. Una mujer que cuida niños.

ACTIVIDAD 13 La educación de los hijos

Lee el siguiente párrafo sobre la educación de los hijos y complétalo con la forma apropiada de las palabras que se presentan.

confiar	entrometerse	rebelarse
convivir	inculcar	sumiso
crianza	malcriar	vínculo
ejercer		

La educación y la _____ (1) de los hijos es una de las tareas más difíciles

que tienen los padres hoy día. No es fácil _____ (2) valores morales en un

mundo con tantos conflictos. También debido a que muchos padres están muy ocupados

con su trabajo y pasan poco tiempo con sus hijos, se sienten culpables y tienen dificultad en

ponerles límites. Lo que ocurre con frecuencia es que los padres los _____ (3)

dándoles todo lo que los hijos piden. Pero es necesario para todo padre _____

(4) la autoridad y enseñarles que hay límites para que ellos aprendan a ser adultos capaces

de _____ (5) con otras personas en este mundo. Sin embargo, hay que

establecer límites con moderación si no, como consecuencia, los hijos serán personas

muy _____ (6) que no cuestionarán nada o, por el contrario, tal vez

_____ (7) y no acepten nunca ningún tipo de cuestionamiento. Hay que

tener mucha cautela con los adolescentes, ya que necesitan sentirse independientes hasta cierto

punto y es por eso que los padres no deben _____ (8) en ciertos aspectos de

la vida de sus hijos. Ellos necesitan _____ (9) en que sus padres aceptarán que

hay ciertas cosas que van a ser privadas. El _____ (10) que un padre o una

madre establezca con su hijo en la infancia y en la adolescencia será fundamental para formar un

individuo sano y feliz.

ACTIVIDAD 14 Opinión

Contesta las siguientes preguntas para expresar tu opinión.

1. ¿Quién o qué instituciones deben asumir la responsabilidad de criar a los niños en una sociedad? _____

_____

_____

2. Actualmente, ¿cómo malcrían los padres a los hijos? _____

_____

_____

Pcl#: 8250 3143 Typ:R6 Tm:2590 Order # 9270428 8SM Ctn: 1 of 1

Pl#: 5038 Date: 2/15/11 Wve:001 Tote: 8251 7103 SLA:9

Location ISBN Pieces Description
590-146-053 9780495898689 1 SAM FUENTES:CONVERSACION

The enclosed materials are compliments of
MEGAN CONRAD

SHC: 0 CENGAGE Learning Page: 1 of 1

#00009

3. ¿Crees que exista falta de comunicación entre las generaciones de hoy? Explica tu respuesta. _____

_____

_____

4. Los padres deben confiar en sus hijos. ¿Cómo pueden mostrarles los padres a los hijos que confían en ellos? _____

_____

_____

> **NOTE:** *To discuss hypothetical future actions, use* **si** + present indicative, { present tense
ir a + infinitive
future tense
command }

ACTIVIDAD 15 Tus últimos ahorros

Este verano quieres irte de vacaciones a Costa Rica, pero para hacerlo necesitas usar tus últimos ahorros. Haz una lista de tres pros y tres contras de irte a Costa Rica.

→ **Si voy a Costa Rica, viajaré a un pueblo típico del interior.**

Pro

1. _____

   _____

   _____

2. _____

   _____

   _____

3. _____

   _____

   _____

Contra

1. _____

   _____

   _____

2. _____

   _____

   _____

3. _____

   _____

   _____

> **NOTE:** *To hypothesize about the present, use:* **si** + imperfect subjunctive, conditional.

ACTIVIDAD 16 $ueño$

Felipe tiene 19 años y siempre sueña con ser millonario. Completa estas oraciones que dijo él con la forma apropiada del verbo indicado.

1. Si tengo tiempo esta tarde, voy a _____ en un nuevo "reality show" y así _____ la oportunidad de ganar $1.000.000. (participar, tener)

2. Si _____ cantar, me presentaría para el programa de *Ídolo americano*. (saber)

3. Como soy muy buen jugador de fútbol americano, si tengo suerte, la NFL me
_____ y me _____ un sueldo altísimo. (contratar, ofrecer)

4. Esta tarde pienso comprar un billete de lotería y, si _____, seré millonario.
(ganar)

5. Si ganara un millón de dólares, le _____ la mitad a la gente necesitada y con el
resto _____ un viaje por todo el mundo. (dar, hacer)

6. Si_____ mejores notas, estudiaría medicina porque los médicos ganan mucho
dinero. (sacar)

7. Si _____ imaginación, inventaría una cosa superútil y simple como los
"Post-its" y me _____ millonario. (tener, hacer)

8. Si _____ más guapo, iría a Hollywood para ser actor. (ser)

9. Si yo no _____ todo el día pensando en cómo hacerme rico, si
_____ más y si _____ buen estudiante, tendría en el futuro un
buen trabajo con un buen sueldo. (pasar, trabajar, ser)

ACTIVIDAD 17 La reacción de la familia

Escribe cómo reaccionaría tu familia a las siguientes situaciones.

1. Si yo dejara la universidad, _____
_____

2. Si me casara sin decirles nada, _____
_____

3. Si la policía me detuviera por consumir drogas, _____
_____

4. Si yo fuera a vivir al extranjero un año, _____
_____

5. Si sacara notas sobresalientes este semestre, _____
_____

6. Si les regalara un perro a mis padres, _____
_____

7. Si en una revista saliera una foto mía sin ropa, _____
_____

8. Si llevara a casa a Paris Hilton, "mi mejor amiga de por vida", _____
_____

ACTIVIDAD 18 ¿Qué serías?

Contesta estas preguntas y justifica tus respuestas.

1. Si fueras un color, ¿qué color serías? _____

    _____

    ¿Por qué? _____

2. Si pudieras ser un animal, ¿qué animal te gustaría ser? _____

    _____

    ¿Por qué? _____

    _____

3. Si fueras un instrumento musical, ¿qué instrumento serías? _____

    _____

    ¿Por qué? _____

    _____

ACTIVIDAD 19 Héroes

Parte A: Escribe los nombres de dos personas (vivas) a quienes admiras mucho. Después explica por qué las admiras.

1. Nombre: _____

    _____

    _____

    _____

2. Nombre: _____

    _____

    _____

    _____

Parte B: Ahora, escribe qué harías si tú fueras las personas de la Parte A.

1. _____

    _____

    _____

2. _____

    _____

    _____

Sociedad y justicia

ACTIVIDAD 1 La delincuencia

Selecciona la palabra correcta.

1. Un niño hace algo malo y sus padres le dicen que no puede salir a jugar con sus amigos por tres días. El acto es ___.
   a. un castigo   **b.** una condena

2. Una mujer que se ocupa de que se cumplan las leyes es ___.
   a. una mediadora   **b.** una jueza

3. La persona que vende drogas es ___.
   a. narcotraficante   **b.** drogadicta

4. Una persona que forma parte de un grupo como la Mara Salvatrucha es ___.
   a. un pandillero   **b.** un delincuente

5. Una persona que roba dinero de un banco es ___.
   a. un ladrón   **b.** un ratero

6. El acto de llevarse a una persona por la fuerza y pedirle dinero a su familia para devolverla es ___.
   a. una condena   **b.** un secuestro

7. Los robos, las violaciones, el narcotráfico y los homicidios son ___.
   a. delitos   **b.** presos

ACTIVIDAD 2 El periódico

Lee las siguientes oraciones de artículos de periódicos e indica de qué se trata cada artículo.

un secuestro	la cadena perpetua	los rateros
la legalización	un asesinato	el terrorismo
la adicción	las pandillas	la libertad condicional

1. Ayer la policía detuvo a Jorge Vega por matar violentamente a Alicia Ferrer.

   _____

2. Los miembros del jurado decidieron unánimemente que Paulina Guzmán debería pasar el resto de su vida en la cárcel de Carabanchel sin posibilidades de salir.

   _____

3. El hombre llamó diciendo que quería 4.000.000 de pesos por el hijo del juez que había desaparecido la semana pasada.

   _____

4. Lamentablemente hay personas que nos pueden robar algo en la calle sin que nos demos cuenta.

   _____

5. Ayer a las 7:00 de la tarde explotó un coche bomba delante del edificio de Bellas Artes.

   _____

6. Ayer dos grupos de jóvenes, los Sangrientos y los Lobos, se pelearon en el barrio de Polanco y dos resultaron muertos.

   _____

7. La droga te llama, te seduce, te envuelve y por fin controla todos los aspectos de tu vida.

   _____

8. Después de solo seis meses de condena, Hernán Jacinto, el violador de menores, salió ayer de la cárcel, pero las autoridades aseguran que si se acerca a un niño lo detendrán enseguida.

   _____

ACTIVIDAD 3 | Las diferencias

Explica las diferencias entre las siguientes palabras.

1. castigo / condena _____
   _____
   _____

2. homicidio / suicidio _____
   _____
   _____

3. narcotraficante / drogadicto _____
   _____
   _____

4. pandillero / delincuente _____
   _____
   _____

5. ladrón / ratero _____
   _____
   _____

6. juez / mediador _____
   _____
   _____

ACTIVIDAD 4 El futuro

¿Cuáles de las siguientes cosas habrán pasado antes del año 2050?

→ el hombre / colonizar la Luna
El hombre (no) habrá colonizado la Luna.

1. el hombre / llegar a Marte (*Mars*)

   _____

2. el dinero tal como lo conocemos hoy / dejar de existir

   _____
   _____

3. El país / haber eliminar la pena de muerte

   _____

4. nosotros / instalar paneles de energía solar en todos los edificios y casas

   _____
   _____

5. nosotros / dejar de recibir cartas por correo

   _____

ACTIVIDAD 5 Tu futuro

Todos tenemos metas (*goals*) personales. ¿Qué cosas habrás hecho tú antes de los siguientes años?

1. Antes del año 2020, _____
   _____ .

2. Antes del año 2025, _____
   _____ .

3. Antes del año 2030, _____
   _____ .

4. Antes del año 2035, _____
   _____ .

ACTIVIDAD 6 Problemas

Los estudiantes siempre tienen muchas excusas. Reescribe los problemas y las excusas que tuvieron diferentes estudiantes.

→ Juan no entregó los resultados de un experimento. (el perro comérselos)
Juan habría entregado los resultados del experimento, pero el perro se los comió.

1. Paco no fue a clase la semana pasada. (su abuela estar muy enferma)

   _____ , pero
   _____ .

2. Margarita e Isabel no se presentaron para el examen. (intoxicarse la noche anterior)

_____, pero

_____ con algo

que comieron.

3. Carlos no aprobó el examen. (el profesor hacer preguntas muy difíciles)

_____, pero

_____ .

4. Olga no entregó el trabajo escrito a tiempo. (la computadora descomponerse)

_____, pero

_____ .

5. Jorge tenía que ir a la oficina de su profesora a las dos. (un ladrón asaltarlo en la calle y tener que ir a la policía)

_____, pero

_____

_____ .

6. Silvina y Martín no hicieron la tarea. (cortarse la luz)

_____, pero

_____ en el

edificio donde viven.

7. Paloma no vio la película para la clase de español. (el gato romperle los anteojos)

_____, pero

_____ .

NOTE: *To hypothesize about the past, use* **si** + pluperfect subjunctive, *followed by the* conditional perfect.

ACTIVIDAD 7 **Si hubiera...**

Completa estas oraciones para decir cómo habría sido diferente la vida de algunas personas famosas si no hubieran ocurrido ciertos acontecimientos. Usa los verbos indicados.

1. Si el gobierno estadounidense no _____ _____ la entrada de artistas cubanos a los Estados Unidos durante el régimen de Castro, Alicia Alonso _____ _____ en el Centro Lincoln. (prohibir, bailar)

2. Si Frida Kahlo no _____ _____ un accidente tan horrendo, algunas de sus pinturas no _____ _____ imágenes tan trágicas. (sufrir, tener)

3. Si Rigoberta Menchú no ____ _____ _____ de Guatemala, _____ _____. (escaparse, morir)

4. Si en 1937 Pablo Picasso _____ _____ en España y no en París, nosotros nunca _____ _____ el cuadro *Guernica* que muestra tanta violencia pues él no lo _____ _____ pintar durante la dictadura de Franco. (estar, ver, poder)

ACTIVIDAD 8 **Los remordimientos**

Completa los siguientes remordimientos de la madre de un chico que está en la cárcel por vender drogas.

→ Si / yo sacarlo de esa escuela / él no tener esos amigos

Si yo lo hubiera sacado de esa escuela, él no habría tenido esos amigos.

1. Si / yo pasar más tiempo con él / nosotros comunicarnos mejor

   _____

2. Si / yo escucharlo / (yo) saber cuáles eran sus problemas

   _____

3. Si / yo saber cuáles eran sus problemas / (yo) pedirle ayuda a un psicólogo

   _____

4. Si / yo pedirle ayuda a un psicólogo / no pasar todo eso

   _____

ACTIVIDAD 9 **Mis remordimientos**

Escribe cuatro remordimientos que tienes.

→ **Si no hubiera tenido que trabajar durante los veranos, habría visitado otro país con un programa de intercambio.**

1. _____

   _____

2. _____

   _____

3. _____

   _____

4. _____

   _____

Contesta estas preguntas sobre tu vida.

1. ¿Tienes hermanos o eres hijo/a único/a?

   _____

   Si tienes hermanos, ¿cómo habría sido tu vida si hubieras sido hijo/a único/a?

   _____

   _____

   Si no tienes hermanos, ¿cómo habría sido tu vida si hubieras tenido hermanos?

   _____

   _____

2. ¿Te criaste en un pueblo o en una ciudad? _____

   _____

   Si te criaste en un pueblo, ¿cómo habría sido tu vida si hubieras crecido en una
   ciudad? _____

   _____

   Si te criaste en una ciudad, ¿cómo habría sido tu vida si hubieras crecido en un
   pueblo? _____

   _____

3. ¿Cómo habría sido tu vida si no hubieras decidido asistir a la universidad?

   _____

   _____

4. ¿Cómo habría sido tu vida si hubieras tenido padres menos/más estrictos?

   _____

   _____

ACTIVIDAD 11 Como si...

Construye oraciones para anuncios publicitarios, usando una frase de cada columna.

→ En el BMW X5 / viajar / como si / ser un rey

BMW X5: En el BMW X5 Ud. viajará como si fuera un rey.

con las zapatillas de tenis Nike / correr		ser perlas
Crest / dejarle los dientes		estar en Perú
en el restaurante El Inca / cenar		ser un bebé
en el Hotel Paz / dormir plácidamente	como si	estar en el Caribe
con el curso Kaplan / aprobar su examen		tener alas
en el Club Planeta / escuchar salsa		ser parte de la película
en los cines de IMAX / sentirse		saber más que Einstein

1. Nike: _____

2. Crest: _____

3. restaurante El Inca: _____

4. Hotel Paz: _____

5. Curso Kaplan: _____

6. Club Planeta: _____

7. cines IMAX: _____

ACTIVIDAD 12 Recordando la infancia

Varias personas están recordando su infancia. Completa sus ideas sobre las cosas que habrían preferido que hubieran hecho algunos de sus parientes.

1. Yo _____ _____ que mis abuelos me _____ _____ a su casa con más frecuencia. (preferir, invitar)

2. Marta y su hermana _____ _____ que sus padres no _____ _____ _____ tanto, especialmente delante de ellas. (querer, pelearse)

3. A Juan le _____ _____ que sus padres lo _____ _____ a Disneylandia. (fascinar, llevar)

4. A la hermana de mi novio le _____ _____ que su hermano no le _____ _____ todas sus muñecas cuando era niña. (gustar, romper)

5. Yo _____ _____ que mi abuela no _____ _____ _____ tan joven. (desear, morirse)

6. Carolina _____ _____ que su hermano mayor no le _____ _____ la verdad sobre Santa Claus cuando ella tenía cinco años. (preferir, decir)

7. Mis primos y yo _____ _____ que nuestros padres _____ _____ _____ bien para así vernos con más frecuencia. (querer, llevarse)

ACTIVIDAD 13 Los deseos

Parte A: Muchos padres habrían querido que sus hijos hubieran hecho cosas diferentes en la vida. Marca las cosas que tus padres habrían querido que hubieras hecho tú.

❏ pasar más tiempo con la familia
❏ prestar más atención a los estudios
❏ vestirte con ropa más tradicional
❏ llevarte mejor con tus hermanos/as
❏ compartir sus creencias políticas
❏ mostrar más respeto hacia los adultos
❏ manejar su carro con más cuidado

❏ escoger otra universidad
❏ tener otros amigos
❏ tocar el piano
❏ tomar clases de ballet
❏ no ver tanta televisión
❏ no practicar deportes peligrosos
❏ ser más responsable

Parte B: Escribe oraciones con la información de la Parte A para decir qué habrían querido o preferido tus padres.

→ **Mis padres habrían querido/preferido que yo hubiera pasado más tiempo con la familia porque siempre salía con mis amigos**.

_____

_____

_____

_____

_____

_____

_____

Parte C: ¿Crees que si tuvieras hijos, les harías las mismas exigencias que te hicieron tus padres? Justifica tu respuesta.

_____

_____

_____

_____

_____

NOTE: *Use the* pluperfect subjunctive *to refer to a past action that preceded the one expressed in the independent clause; otherwise use the* imperfect subjunctive.

ACTIVIDAD 14 La búsqueda

Después de un homicidio, la policía habló con un testigo y obtuvo bastantes datos sobre la asesina. Escribe cómo era la persona que buscaban. Usa el imperfecto del subjuntivo o el pluscuamperfecto del subjuntivo en tus oraciones.

Buscaban una mujer...

1. que / ser pelirroja con pecas

   _____.

2. que / tener un tatuaje de una rosa en el brazo derecho

   _____.

3. que / pasar dos noches en el Hotel Gran Caribe la semana pasada

   _____.

4. que / romperse el brazo derecho al escaparse

   _____.

5. que / alquilar un carro de Hertz, con la placa M34456

_____.

6. que / salir de la ciudad ayer

_____.

ACTIVIDAD 15 Delitos y castigo

Termina estas oraciones relacionadas con los delitos, usando **pero**, **sino** o **sino que**. Después marca si estás de acuerdo o no con cada afirmación.

	Sí	No
1. Para prevenir la delincuencia juvenil, es importante tener castigos severos, _____ es más importante ofrecerles a todos los jóvenes una buena educación para que no cometan actos criminales.	❑	❑
2. La guerra contra el narcotráfico no empieza en los países productores, _____ en los consumidores.	❑	❑
3. A un asesino nunca lo deben dejar en libertad condicional, _____ debe pasar la vida entera en la cárcel.	❑	❑
4. En una democracia se protegen los derechos de los delincuentes, _____ a veces se ignoran los de las víctimas.	❑	❑
5. Una violación no es un delito de pasión, _____ de violencia.	❑	❑
6. Por no saber qué hacer con los delincuentes, no los mandan a la cárcel, _____ los ponen en libertad condicional y les dicen que no vuelvan a cometer delitos.	❑	❑
7. La mariguana tiene muchos usos medicinales, más que nada para los pacientes de quimioterapia, _____ de todos modos, debe seguir siendo una droga ilegal.	❑	❑

ACTIVIDAD 16 Miniconversaciones

Termina estas conversaciones con **adónde, aunque**, **como, cómo, donde** o **dónde** y la forma apropiada del verbo indicado.

1. —No entiendo al hijo de Carmela. Lo tenía todo: educación, dinero, padres que lo querían...
   —Yo tampoco. Yo no atacaría a esa anciana, _____ _____ muerto de hambre sin un peso en el bolsillo. (estar)

2. —El terrorismo es un problema enorme.
   —Es verdad. Ellos ponen las bombas _____ _____. (querer)

3. —¿ _____ _____ el banco? (robar)

—Lo hicieron exactamente _____ _____. (querer)

—¿Qué quiere decir con eso?

—De noche y sin que nadie los viera.

4. —¿Oíste que la hija del vecino salió con un chico que la violó?

—Claro, esa chica se viste de una manera muy provocativa.

—Pero, ¿qué dices? _____ _____ _____ de una forma provocativa, "no" significa "no" y punto. Ella puede vestirse _____ _____ y eso no significa nada. (vestirse, querer)

—Bueno, dejémoslo ahí. _____ _____ tú y yo esta noche? (ir)

—Con esa actitud, no voy contigo a ninguna parte.

5. —¿_____ _____ _____ mientras buscabas al criminal? (quedarse)

—Me quedé en un hotel de mala muerte, era horrible... con cucarachas y estaba encima de una discoteca. Se oía la música a toda hora.

—¿No había otro?

—Intenté encontrar un hotel _____ _____ dormir tranquilamente, pero no encontré ninguno. Todos estaban llenos. (poder)

ACTIVIDAD 17 **Combatiendo la ignorancia**

Vas a escribir una redacción sobre las drogas ilegales. Tu redacción debe tener tres párrafos.

- **Párrafo 1:** Explica el papel de las drogas en la sociedad norteamericana.
- **Párrafo 2:** Explica qué tipo de educación te dieron tus padres y la escuela sobre las drogas ilegales.
- **Párrafo 3:** Describe cómo habrían podido mejorar ellos tu educación sobre las drogas. Usa frases como **si me hubieran** + *participio pasivo*, **yo habría querido que...** **Habría sido mejor si...**

_____

_____

_____

_____

_____

_____

_____

_____

_____

_____

_____

_____

_____

_____

_____

_____

_____

_____

_____

_____

_____

La comunidad latina en los Estados Unidos

CAPÍTULO 12

ACTIVIDAD 1 Narración en el pasado

Termina estos párrafos sobre la inmigración y la adaptación a la cultura norteamericana. ¡OJO! Algunos de los verbos pueden estar en el presente pero la mayoría de ellos deben estar en el pasado del indicativo o del subjuntivo.

A. Yo _____ (1. sacar) mi título de médico en 1959 y _____ (2. estar) trabajando en un hospital como jefe de pediatría cuando _____ (3. subir) al poder Castro. No _____ (4. poder) vivir bajo ese régimen y _____ (5. querer) que mis hijos _____ (6. vivir) en una democracia para que _____ (7. conocer) lo que era la libertad. Por eso, _____ (8. decidir) emigrar a los Estados Unidos. Al principio, _____ (9. trabajar) durante unos años haciendo camas en un hotel, pero ahora _____ (10. poder) ejercer mi profesión y _____ (11. ser) pediatra en una clínica de Orlando.

B. Mis antepasados _____ (1. llegar) al suroeste de este país hace más o menos 350 años. _____ (2. ser) conquistadores que _____ (3. casarse) con las indígenas que _____ (4. vivir) en la zona. Mis bisabuelos _____ (5. hablar) español, pero mis abuelos solo _____ (6. entender) el idioma. Yo lo _____ (7. aprender) en la escuela y ahora lo _____ (8. hablar) con acento inglés.

C. Durante los años setenta yo _____ (1. trabajar) en un hospital en Guatemala y _____ (2. limpiar) las habitaciones de los pacientes. _____ (3. Pertenecer) a un sindicato de trabajadores, el cual _____ (4. estar) luchando por obtener mejores condiciones de trabajo, mejores beneficios y sueldos más respetables. Una noche, mientras _____ (5. dormir) en casa, _____ (6. llegar) unos soldados y _____ (7. detener) a un compañero con quien vivía. _____ (8. Ser) la última vez que lo _____ (9. ver). Es probable que lo _____ (10. matar). Dos días después, yo _____ (11. tomar) la difícil decisión de salir del país. _____ (12. Poder) entrar a los Estados Unidos ilegalmente con la ayuda de una iglesia.

Escribe de dónde emigraron estas personas que llegaron a los Estados Unidos y qué hicieron.

→ Enrico Fermi / Italia / ganar el Premio Nobel de Física

Enrico Fermi emigró de Italia y ganó el Premio Nobel de Física.

1. Irving Berlin / Rusia / componer música

   _____

2. Elia Kazan / Turquía / dirigir películas

   _____

3. Elizabeth Taylor y Bob Hope / Inglaterra / actuar en películas

   _____

4. Celia Cruz / Cuba / cantar rumba, chachachá y salsa

   _____

5. Jaime Escalante / Ecuador / ser maestro

   _____

6. John Muir / Escocia / fundar el "Sierra Club"

   _____

7. Madeleine Albright / la República Checa / servir como Secretaria de Estado

   _____

8. Isaac Stern y Nathan Milstein / Rusia / tocar el violín

   _____

ACTIVIDAD 3 Latinos en los Estados Unidos

Parte A: Completa este resumen de la inmigración y la presencia de tres grupos hispanos en los Estados Unidos con la forma apropiada del verbo indicado.

Los mexicanos y los mexicoamericanos

En 1848, México _____ (1. perder) una guerra contra los Estados Unidos y,

al _____ (2. firmar) el Tratado de Guadalupe Hidalgo, el territorio que hoy

_____ (3. componerse) de Texas, Nuevo México, Arizona, California, Nevada, Utah

y parte de Colorado _____ (4. pasar) a formar parte de los Estados Unidos. Los

habitantes que _____ (5. vivir) en esa zona _____ (6. ser) descendientes

de españoles e indígenas y después de 1848 casi todos _____ (7. convertirse) en

ciudadanos estadounidenses.

   Al _____ (8. llegar) más y más personas para _____ (9. poblar) el

suroeste del país, _____ (10. empezar) a formarse una industria agrícola fuerte, más que nada en California. Esta nueva industria _____ (11. necesitar) mano de obra y, a principios del siglo XX, comenzaron a _____ (12. llegar) inmigrantes mexicanos para _____ (13. trabajar) en el campo y en otras áreas de la nueva economía. Esta inmigración para el sector agrícola _____ (14. ser) constante durante el siglo XX, particularmente cuando _____ (15. haber) una mayor necesidad de mano de obra agrícola durante la Segunda Guerra Mundial.

A partir de los años sesenta, un gran número de mexicoamericanos _____ (16. empezar) a migrar del campo a las ciudades en busca de otras oportunidades de trabajo y educación.

Los cubanos y los cubanoamericanos

Siempre _____ (1. haber) inmigración cubana a los Estados Unidos, pero el gran éxodo _____ (2. empezar) en 1959, cuando Fidel Castro _____ (3. subir) al poder en Cuba. Entre 1959 y 1970, muchos _____ (4. llegar) a los Estados Unidos porque _____ (5. querer) escaparse del régimen comunista de Castro y _____ (6. establecerse) principalmente en Nueva York y Miami. A diferencia de otros grupos migratorios, la gran mayoría de estos cubanos _____ (7. pertenecer) a la clase media o alta, lo cual significa que antes de salir de Cuba, estas personas _____ (8. trabajar) como profesionales y no como obreros sin educación. Sus conocimientos pronto les _____ (9. ayudar) a convertirse en miembros productivos de la sociedad norteamericana.

En 1980, Castro le _____ (10. permitir) la salida a otro grupo grande de cubanos. Además de dejar salir a más de 10.000 personas que _____ (11. tomar) asilo en una embajada, Castro _____ (12. abrir) las cárceles y _____ (13. facilitar) la salida, desde el puerto de Mariel, de delincuentes y gente que _____ (14. padecer) de enfermedades mentales. Obviamente, la llegada de estos inmigrantes a los EE.UU. _____ (15. causar) problemas tan grandes en la comunidad cubana ya establecida que algunos _____ (16. intentar) ayudar a estos nuevos inmigrantes, los llamados "marielitos". En 1994, Castro otra vez _____ (17. volver) a hacer lo mismo cuando _____ (18. dejar) salir a un grupo de cubanos que no _____ (19. querer) que Cuba _____ (20. seguir) bajo el régimen comunista. El gobierno cubano les _____ (21. permitir) que _____ (22. construir) balsas, y por esa razón los llamaron "balseros". La llegada masiva de cubanos le _____ (23. causar) problemas al presidente Clinton, al igual que la llegada de los marielitos le _____ (24. causar) problemas a Carter varios años antes.

Desde 1959 hasta el presente, los cubanos le _____ (25. cambiar) la cara a Miami, que ahora _____ (26. ser) uno de los centros financieros más importantes del continente americano. En los primeros años de este siglo muchos cubanos _____ (27. esperar) ansiosamente que la situación en Cuba _____ (28. modificarse) para _____ (29. poder) volver a la isla, algunos para _____ (30. vivir) allí y otros solo para _____ (31. visitar) a sus parientes y su tierra natal. Pero, sus hijos _____ (32. nacer) en los Estados Unidos y algunos _____ (33. hablar) el inglés mejor que el español. Muchos _____ (34. casarse) con anglosajones. Sin embargo, pase lo que pase en el futuro, siempre _____ (35. haber) una gran conexión entre los cubanoamericanos y su isla.

Los puertorriqueños

La llamada "inmigración puertorriqueña" _____ (1. diferenciarse) de otras olas de inmigración porque los puertorriqueños ya _____ (2. ser) ciudadanos norteamericanos al _____ (3. llegar) a los Estados Unidos.

En 1898, España _____ (4. perder) la guerra contra los Estados Unidos. Como consecuencia, Puerto Rico _____ (5. convertirse) en territorio estadounidense, y en 1917 los puertorriqueños _____ (6. recibir) la ciudadanía. A mediados del siglo XX, las industrias norteamericanas _____ (7. necesitar) mano de obra mientras que en la isla _____ (8. haber) mucho desempleo. Esto _____ (9. provocar) una migración en masa, principalmente hacia Nueva York y otras ciudades industriales, la cual _____ (10. continuar) hasta hoy.

Parte B: Después de leer la información de la Parte A acerca de tres grupos que emigraron a los Estados Unidos, asocia estos años con los acontecimientos de la segunda columna.

1. _____ 1848
2. _____ 1898
3. _____ 1917
4. _____ 1945
5. _____ 1959
6. _____ 1980

a. Los puertorriqueños recibieron la ciudadanía estadounidense.

b. Fidel Castro formó un gobierno comunista en Cuba y por eso empezaron a salir del país muchos de la élite de la sociedad.

c. México perdió el suroeste de los EE.UU. al perder una guerra.

d. Empezó una ola de inmigración desde el puerto cubano de Mariel en el que había delincuentes y gente con problemas mentales.

e. Los EE.UU. necesitaban gente para trabajar en sus fábricas, y así empezó una inmigración puertorriqueña en masa.

f. España perdió sus últimos territorios en el hemisferio occidental en una guerra contra los EE.UU.

ACTIVIDAD 4 ¿Cuánto aprendiste?

Contesta estas preguntas basadas en la información de la Actividad 3.

1. Si hubieras sido inmigrante mexicano/a en el siglo XX, ¿qué tipo de trabajo habrías tenido al llegar a los Estados Unidos? _____

2. Si hubieras sido inmigrante cubano/a en 1961, ¿por qué habrías salido de tu país? _____

¿Cómo habría sido tu nivel de vida en Cuba y cómo habría sido al llegar a los Estados Unidos? _____

3. Si hubieras sido puertorriqueño/a en 1945, ¿cuáles son dos factores que te habrían motivado a ir a los Estados Unidos? _____

ACTIVIDAD 5 **Olas de inmigración**

Parte A: Casi todos los ciudadanos norteamericanos tienen antepasados inmigrantes. Cuenta cómo, cuándo y por qué vinieron tus antepasados a este país.

_____

_____

_____

_____

_____

Parte B: Muchos grupos de inmigrantes pasaron o están pasando por una época de discriminación. ¿Sufrieron tus antepasados algún tipo de discriminación al llegar? ¿Por qué sí o no?

_____

_____

_____

_____

_____

ACTIVIDAD 6 **La inmigración de hoy**

Describe los problemas que existen hoy en día con la inmigración. Escribe sobre los siguientes temas al describir las preocupaciones del pueblo norteamericano.

bienestar social (*welfare*)   delitos   educación
viviendas   salud   trabajo

Muchas personas dicen que los inmigrantes les quitan los puestos de trabajo a los ciudadanos

del país. _____

_____

_____

_____

_____

ACTIVIDAD 7 Tu opinión

Parte A: Marca si estás de acuerdo o no con estas oraciones.

	Sí	No
1. Los bebés que nacen en los Estados Unidos de padres extranjeros no deben recibir ciudadanía estadounidense.	❑	❑
2. El problema de la inmigración ilegal se basa en la oferta y la demanda: los inmigrantes necesitan trabajo y los norteamericanos necesitan mano de obra barata.	❑	❑
3. Los inmigrantes no deben recibir servicios médicos a menos que tengan un problema grave de salud.	❑	❑
4. Los inmigrantes le dan más a la sociedad norteamericana de lo que reciben de ella.	❑	❑
5. Si el hijo de un inmigrante indocumentado desea asistir a una escuela pública en los Estados Unidos, debe pagar la matrícula.	❑	❑
6. Sin el trabajo de los inmigrantes indocumentados, los Estados Unidos sufrirían un colapso total de su economía.	❑	❑

NOTE: *Use the indicative to express certainty and the subjunctive when doubt is implied.*

Parte B: Según tus respuestas de la Parte A, escribe oraciones que empiecen con **(No) Creo que**, **(No) Es verdad que**, etc., para dar tu opinión. Justifica cada respuesta.

→ **(No) Creo que los bebés... porque...**

1. _____

   _____

2. _____

   _____

3. _____

   _____

4. _____

   _____

5. _____

   _____

6. _____

_____

_____

Normalmente, una persona que está en otro país siente nostalgia. Si fueras a estudiar a otro país durante un año, ¿qué aspectos de la cultura norteamericana extrañarías? Escoge las cosas que extrañarías. Termina las siguientes oraciones con la forma apropiada del verbo indicado y con las frases que mejor describan tus sentimientos.

1. Si _____ (estar) en otro país durante un año, _____ (extrañar)

   _____ (hacer sándwiches con mantequilla de maní /

   comer _brownies_).

2. Si _____ (ser) estudiante en otro país durante un año, _____

   (echar de menos) _____ (a mi familia / a mis amigos).

3. Si _____ (estudiar) en otro país durante un año, _____ (sentir)

   nostalgia por no _____ (asistir a partidos de fútbol

   americano / ir a fiestas de la universidad).

Contesta estas preguntas.

1. Si tuvieras que emigrar a otro país, ¿a cuál irías y por qué lo escogerías?

   _____

   _____

   _____

   _____

2. Nadie quiere dejar su país y a sus parientes pero, ¿bajo qué circunstancias dejarías los Estados Unidos (u otro país, si no eres ciudadano/a de los EE.UU.) para emigrar a otro país?

   _____

   _____

   _____

   _____

3. Si pudieras escoger, ¿dónde te gustaría vivir: en un barrio con mucha diversidad racial, étnica y religiosa o en un barrio con más gente como tú? ¿Por qué?

   _____

   _____

   _____

   _____

ACTIVIDAD 10 **Tu futuro**

Parte A: Marca las frases que tal vez formen parte de tu futuro tanto personal como profesional.

❏ poder graduarte de la universidad si apruebas este curso de español
❏ hacer un viaje a un país de habla española
❏ trabajar en una empresa internacional
❏ hacer investigaciones en español para tus estudios de posgrado
❏ tener clientes que hablen español
❏ matricularte en otro curso de español
❏ leer revistas o periódicos en español
❏ usar el español para hablar con parientes que no hablen inglés
❏ leer literatura en español
❏ ver películas en español
❏ participar en un programa para estudiar en un país hispano
❏ solicitar un trabajo en un país de habla española
❏ incluir en tu curriculum que has estudiado español
❏ vivir cerca de gente que hable español
❏ empezar a estudiar otro idioma
❏ hacer trabajo voluntario en un país de habla española
❏ escuchar música de artistas hispanos
❏ decirles a tus hijos que estudien español en el futuro

> **NOTE:** *To talk about the future, you can use* **ir a** + infinitive, the future tense, *or the present subjunctive* (**es posible que yo haga un viaje**). *When writing, try to include all three to raise the level of your text.*

Parte B: Según lo que acabas de marcar en la Parte A, escribe una redacción corta sobre cómo usarás el español en tu futuro.

_____
_____
_____
_____
_____
_____
_____
_____
_____
_____
_____
_____

Lab Manual

La vida universitaria

PRONUNCIACIÓN

Vowel sounds

In Spanish, there are five basic vowel sounds: **a, e, i, o, u**. In contrast, English has long and short vowels; for example, the long *i* in *site* and the short *i* in *sit*. In addition, English has the schwa sound, *uh,* which is used to pronounce many unstressed vowels. For example, the *o* in the word *police* and the *a* in *woman* are unstressed and are pronounced *uh.* Listen: *police, woman.* In Spanish, there is no corresponding schwa sound because vowels are usually pronounced in the same way whether they are stressed or not. Listen: **policía, mujer**.

ACTIVIDAD 1 **Escucha y repite**

Escucha el contraste de los sonidos vocales del inglés y del español y repite las palabras en español.

1.	anatomy	anatomía
2.	calculus	cálculo
3.	history	historia
4.	theater	teatro
5.	accounting	contabilidad
6.	music	música

ACTIVIDAD 2 **Repite las oraciones**

Escucha y repite las siguientes oraciones. Presta atención a la pronunciación de las vocales.

1. ¡No me digas!
2. ¿Y cómo te va en la facultad?
3. ¿No te gusta la medicina?
4. Tengo materias que no me interesan.
5. Yo no quiero vivir en un pueblo.
6. No vuelvo a cambiar de carrera.

COMPRENSIÓN ORAL

ACTIVIDAD 3 **Completa la conversación**

Vas a escuchar cinco preguntas. Para cada pregunta, elige una respuesta lógica de la lista. Escribe el número de la pregunta al lado de cada respuesta.

a.	_____ 24 años.	c.	_____ En segundo.	e.	_____ De Texas.
b.	_____ Igarzábal.	d.	_____ María.	f.	_____ Sociología.

ACTIVIDAD 4 Las materias académicas

Parte A: Escucha a cuatro estudiantes universitarios mientras cada uno describe una materia académica. Asígnale el número apropiado, del 1 al 4, a la materia que describe cada uno. No necesitas comprender todas las palabras para hacer esta actividad.

a. _____ biología   d. _____ economía   g. _____ matemáticas
b. _____ computación   e. _____ historia   h. _____ mercadeo
c. _____ contabilidad   f. _____ literatura   i. _____ música

Parte B: Escucha a los estudiantes otra vez e indica qué piensa cada uno sobre la materia que describe.

1. _____   a. No le gusta.
2. _____   b. Le encanta.
3. _____   c. Le importa.
4. _____   d. No le importa.
                e. Le gusta.
                f. Le interesa.

ACTIVIDAD 5 Cualidades importantes

Parte A: Tres personas van a hablar sobre las cualidades importantes en **una jefa, un juez** (*judge*) y **un político.** Antes de escucharlas, mira la lista de cualidades y piensa en tres cualidades importantes para cada persona.

activo/a	encantador/a	intelectual	sabio/a
brillante	estricto/a	justo/a	sensato/a
capaz	honrado/a	liberal	sensible
creído/a	ingenioso/a	rígido/a	tranquilo/a

Parte B: Ahora escucha a las tres personas y escribe los tres adjetivos que usa cada una usando el femenino o masculino según la persona que se describe. No necesitas comprender todas las palabras para hacer la actividad.

1. jefa	2. juez	3. político
_____	_____	_____
_____	_____	_____
_____	_____	_____

ACTIVIDAD 6 Charla en un bar

Jorge y Viviana son dos jóvenes que estudian para ser profesores de literatura. Ahora están en un bar hablando de las materias que él está tomando. Escucha la conversación y completa el horario de clases de Jorge. No te preocupes por entender todas las palabras.

Posibles materias

filosofía	psicología del aprendizaje	latín
griego	psicología infantil	literatura

Hora	lunes	martes	miércoles	jueves	viernes
8:15–9:15					
		historia de las civilizaciones modernas		historia de las civilizaciones modernas	
10:45–11:45		metodología de la enseñanza		metodología de la enseñanza	

ACTIVIDAD 7 Cambio de carrera

Mariel y Tomás están en un país hispano hablando del cambio de carrera universitaria que ella quiere hacer. Escucha la conversación y completa la información sobre Mariel. Vas a notar que esta conversación es más rápida que las otras que escuchaste en este capítulo. No te preocupes, no necesitas entender todas las palabras para hacer esta actividad, pero puedes escuchar la conversación todas las veces que necesites.

1. Ahora Mariel estudia _____.

2. Quiere estudiar _____.

3. Muchas de las materias en las dos carreras son _____.

4. Si Mariel cambia de carrera tiene que _____ otra vez.

5. Para ella, el estudio de las materias en los EE.UU. es _____, pero en su país es más profundo.

Este es el final del programa de laboratorio para el Capítulo preliminar.

Nuestras costumbres

PRONUNCIACIÓN

Diphthongs

In Spanish, vowels are classified as weak (**i, u**) or strong (**a, e, o**). A diphthong is a combination of two weak vowels or a strong and a weak vowel. When two weak vowels are combined, the second one takes a slightly greater stress, as in the word **cuidado.** When a strong and a weak vowel are combined in the same syllable, the strong vowel takes a slightly greater stress, for example, **bailar, puedo.** Sometimes the weak vowel in a weak-strong or strong-weak combination takes a written accent, and the diphthong disappears, as in **día, Raúl.**

ACTIVIDAD **1** **Escucha y repite**

Escucha y repite las siguientes oraciones.

1. Se despierta.
2. Se peina.
3. Se afeita.
4. Come en un restaurante.
5. Cuida a los niños.
6. Baila con ellos.
7. Los acuesta.

ACTIVIDAD **2** **Escucha y repite**

Escucha y repite las siguientes oraciones de la conversación entre Pedro y Silvia.

1. Es ciudadano de los Estados Unidos.
2. Sus padres o abuelos o bisabuelos eran mexicanos.
3. Es gente de ascendencia mexicana.
4. Cuando sales de clase, tomas el autobús.
5. Lo vas a pasar bien.

ACTIVIDAD **3** **¿Hay diptongo?**

Escucha las palabras y marca la combinación correcta de letras y acentos.

	Hay diptongo	No hay diptongo
1.	ia	ía
2.	ue	úe
3.	io	ío
4.	au	aú
5.	io	ío
6.	ie	íe

COMPRENSIÓN ORAL

ACTIVIDAD **4** **¿De qué hablan?**

Escucha las siguientes conversaciones y numera de qué hablan en cada caso. Lee las ideas antes de escuchar las conversaciones.

_____ comprarle a un revendedor
_____ dejar plantado a alguien
_____ ir a dar una vuelta
_____ ir detrás del escenario
_____ pedir algo de tomar
_____ quedar en una hora
_____ sacar a bailar a alguien
_____ tener un contratiempo

ACTIVIDAD **5** **¿Vida saludable?**

Dos personas van a llamar a un programa de radio para contar si tienen una vida saludable o no. Primero lee la lista que se presenta y luego escucha y marca únicamente las cosas que hacen estas personas. No necesitas comprender todas las palabras.

		Llamada No. 1	Llamada No. 2
1.	no comer verduras	❏	❏
2.	comer frutas y verduras	❏	❏
3.	salir por la noche con mucha frecuencia	❏	❏
4.	fumar	❏	❏
5.	dormir entre siete y nueve horas	❏	❏
6.	beber alcohol	❏	❏
7.	pasar noches en vela	❏	❏

ACTIVIDAD **6** **Un anuncio informativo**

Parte A: Vas a escuchar un anuncio sobre el estrés. Antes de escucharlo, marca las tres situaciones que causan más estrés, los tres síntomas de estrés más importantes y las tres formas de combatirlo.

	Situaciones que causan estrés	Tú	Locutor
1.	tener problemas con el coche	❏	❏
2.	perder un trabajo	❏	❏
3.	salir mal en un examen	❏	❏
4.	romper una relación amorosa con alguien	❏	❏
5.	morir un pariente	❏	❏

Síntomas

1.	no interesarse por nada	☐	☐
2.	no poder dormir bien	☐	☐
3.	olvidarse de ciertas cosas	☐	☐
4.	sufrir de dolores de cabeza	☐	☐
5.	sentir dolor de estómago	☐	☐

Soluciones

1.	hablar con un/a amigo/a	☐	☐
2.	tomar un baño caliente	☐	☐
3.	meditar	☐	☐
4.	poner música suave	☐	☐
5.	hacer ejercicio	☐	☐

Parte B: Ahora escucha el anuncio de radio y marca las situaciones que causan estrés, los síntomas y las soluciones que sugiere el locutor.

ACTIVIDAD 7 Problemas de convivencia

Parte A: Patricia y Raúl son dos hermanos jóvenes que comparten un apartamento y tienen problemas de convivencia (*living together*). Por eso Patricia llama al programa de radio "Los consejos (*advice*) de Consuelo". Antes de escuchar, mira la lista para pensar en las cosas que más te molestan de un compañero o una compañera de apartamento.

Malos hábitos de...		Raúl	Patricia
1.	no lavar los platos después de comer	☐	☐
2.	bañarse y no limpiar la bañera (*bathtub*)	☐	☐
3.	levantarse temprano y hacer mucho ruido (*noise*)	☐	☐
4.	cepillarse los dientes y no poner la tapa en la pasta de dientes	☐	☐
5.	dejar cosas por todas partes	☐	☐
6.	afeitarse y no limpiar el lavabo (*sink*)	☐	☐
7.	poner música a todo volumen	☐	☐

Parte B: Ahora escucha a Patricia mientras le cuenta su problema a Consuelo. Mientras escuchas, marca los malos hábitos de su hermano Raúl.

Parte C: Raúl está en su coche escuchando la radio y oye a su hermana hablando con Consuelo. Decide entonces llamar al programa. Escucha la conversación y marca los malos hábitos de Patricia. Recuerda: No necesitas comprender todas las palabras.

Parte A: Walter tiene muchos problemas con su novia y llama al programa de radio "Los consejos de Consuelo" para pedir ayuda. Antes de escuchar la conversación, lee la tabla y piensa en qué cosas le pueden molestar a Walter de su novia.

La novia de Walter

1. ☐ criticar a los amigos de él
2. ☐ dejarlo plantado
3. ☐ gustarle mucho bailar
4. ☐ no pagar nunca cuando salen
5. ☐ no sacarlo a bailar nunca
6. ☐ tener muchos contratiempos
7. ☐ salir con otro chico
8. ☐ pasar mucho tiempo con sus amigas/os
9. ☐ tomar mucho alcohol

Parte B: Ahora escucha y marca en la lista de la Parte A las cuatro cosas que le molestan a Walter de su novia. Concéntrate solamente en entender las cosas que le molestan. Luego compáralas con tus predicciones.

ACTIVIDAD 9 Consejos para un novio con problemas

Parte A: Ahora en el programa "Los consejos de Consuelo", Consuelo le da consejos a Walter. Antes de escucharlos, marca cuatro consejos lógicos para darle a Walter.

	Tú	Consuelo
1. Tiene que preguntarle a la novia si está saliendo con otro chico.	☐	☐
2. No debe criticar a los amigos de la novia.	☐	☐
3. Tiene que salir con la novia y con otra chica a la vez.	☐	☐
4. Debe invitarla a salir con los amigos de él.	☐	☐
5. No debe pagar siempre cuando salen.	☐	☐
6. No debe criticar a la novia.	☐	☐

Parte B: Ahora escucha a Consuelo y marca los tres consejos que da ella.

ESTRATEGIA DE COMPRENSIÓN ORAL: *SKIMMING*

When you skim, you just listen to get the main idea. You are not worried about the details.

ACTIVIDAD 10 ¿Hispano o latino?

Adriana y Jorge son turistas en Perú y hablan de diferentes palabras que se usan para referirse a los hispanos. Escucha la conversación para averiguar cómo usan ellos diferentes términos. Vas a notar que esta conversación es más rápida que las otras que escuchaste en este capítulo. No te preocupes, no necesitas entender todas las palabras para hacer esta actividad, pero puedes escuchar la conversación todas las veces que necesites.

1. Una persona latina es de _____, _____, _____ (países).

2. Un persona hispana es de _____ (país) o de _____ (continente).

3. Adriana se considera (*considers herself*) _____ o _____ (adjetivos regionales).

Este es el final del programa de laboratorio para el Capítulo 1. Ahora vas a escuchar la conversación que escuchaste en clase, **"Una cuestión de identidad"**. Mientras escuchas, puedes mirar el guion de la conversación que está en el apéndice del manual.

España: pasado y presente

PRONUNCIACIÓN

The consonant *d*

The consonant **d** is pronounced in two different ways in Spanish. When **d** appears in initial position or after **n** or **l**, it is pronounced softer than the *d* in the word *dog;* for example, **descubrir**. When **d** appears between two vowels, after a consonant other than **n** or **l**, or at the end of a word, it is pronounced somewhat like *th* in the English word *that;* for example, **creadora**. Note that if a word ends in a vowel and the next word starts with a **d**, the pronunciation is like a *th* due to linking rules. For example, in the following phrase, the **d** is as in *dog:* **el doctor**. But in the next phrase, the **d** is pronounced as in *that:* **la‿doctora**.

ACTIVIDAD | **1** | **Escucha y repite**

Escucha y repite las siguientes palabras, prestando atención a la pronunciación de la **d**.

1. productor
2. banda sonora
3. comedia
4. el documental
5. película muda
6. director

ACTIVIDAD | **2** | **Escucha y repite**

Escucha y repite partes de un anuncio comercial. Presta atención a la pronunciación de la **d**.

1. Todos sabemos algo‿de la historia‿de España.
2. En menos de‿diez años los moros dominaron casi toda la península.
3. En 1492 los Reyes Católicos Fernando e Isabel expulsaron a los moros de España.
4. España empezó la exploración y colonización de América.

COMPRENSIÓN ORAL

ACTIVIDAD | **3** | **La historia de España**

Vas a escuchar oraciones sobre la historia de España y la colonización de América. Marca si la oración indica:

A. una acción completa en el pasado   X
B. el comienzo o el fin de una acción   X... ...X
C. el período de una acción   [X]

1. _____   3. _____   5. _____
2. _____   4. _____   6. _____

Vas a escuchar cuatro conversaciones cortas. Para cada una, indica, con el número 1, qué acción ocurrió primero y, con el número 2, cuál ocurrió después.

A. _____ dejar el trabajo _____ copiar la lista de nombres

B. _____ irse de la compañía _____ romperse el pie derecho

C. _____ ir a Australia _____ tomar clases de inglés

D. _____ alquilar un auto _____ sacar la licencia de manejar

ACTIVIDAD 5 Una queja

Una profesora de literatura encontró ciertos errores en un libro sobre Cervantes, el autor de *Don Quijote*, y decidió llamar a la editorial que publicó el libro. Escucha la conversación telefónica y reescribe solo las oraciones que contienen datos incorrectos.

Cervantes: Vida y obra

1. Nació en Alcalá de Henares, España, en 1546.

_____

2. En 1575, cuatro años después de la Batalla de Lepanto, los turcos lo pusieron en la cárcel (*jail*).

_____

3. Perdió el uso de la mano izquierda en la cárcel.

_____

4. Mientras estaba en una cárcel de Argel, se dedicó a escribir.

_____

ACTIVIDAD 6 Una noticia

Parte A: Vas a escuchar una noticia por radio. Antes de escucharla, lee las acciones de la lista y piensa en una secuencia lógica.

a. El hombre ató (*tied up*) a una mujer. _____
b. El hombre comenzó a cantar. _____
c. El hombre entró en una casa. _____
d. El hombre fue a una biblioteca. _____
e. El hombre olvidó la canción. _____
f. El hombre terminó en la cárcel. _____
g. La mujer se liberó y llamó a la policía. _____
h. La policía lo encontró en la biblioteca. _____

Parte B: Ahora escucha la noticia de radio y ordena las acciones de acuerdo con lo que cuenta el locutor.

ESTRATEGIA DE COMPRENSIÓN ORAL: *VISUALIZING INFORMATION ON A MAP*

As you listen, you may be able to better understand the spoken information by transferring it to a diagram, chart, or graph, or visualizing it on a map. Having a tangible point of reference can help you follow what is being said in a logical manner.

ACTIVIDAD **7** **El verano pasado**

Parte A: Martín y Victoria están hablando sobre lo que hicieron el verano pasado. Escucha la conversación y marca las tres acciones que menciona cada uno.

		Martín	**Victoria**
1.	Alquiló un apartamento.	☐	☐
2.	Alquiló un coche.	☐	☐
3.	Comenzó un trabajo nuevo.	☐	☐
4.	Dejó de salir con alguien.	☐	☐
5.	Empezó a salir con alguien.	☐	☐
6.	Ganó dinero.	☐	☐
7.	Viajó a otro país.	☐	☐
8.	Vivió con sus padres.	☐	☐

Parte B: Ahora escucha la conversación otra vez y marca en el mapa los lugares que Victoria visitó en su viaje a Venezuela.

ACTIVIDAD 8 Una buena película

Escucha la descripción de una película que hace una comentarista de radio y completa la tabla. Escucha la descripción todas las veces que necesites.

Película: _____

Argumento (marca uno): ☐ la vida de la artista ☐ la crisis de un matrimonio

☐ un accidente terrible

Género: ☐ drama ☐ comedia ☐ romántica

Directora: *Julie Taymor*

Actriz principal: _____

Actor: *Alfred Molina* hace el papel de _____

Premio: *Oscar por Mejor* _____

Se filmó en _____ (país)

Clasificación moral: solo para _____ años

ACTIVIDAD 9 Viaje a Andalucía

Blanca y Raúl acaban de regresar de un viaje por España y le cuentan a su amigo Nelson sobre el viaje. Escucha la conversación y completa la información.

1. ¿Qué es Al-Andalús? Es _____.
2. ¿A quién le gustó Granada? A _____.
   ¿Y Sevilla? A _____.
3. Lugares que visitaron en Sevilla:
   a. _____ el Alcázar
   b. _____ la Alhambra
   c. _____ la Giralda
   d. _____ los jardines del Generalife
   e. _____ el Parque de María Luisa

Este es el final del programa de laboratorio para el Capítulo 2. Ahora vas a escuchar el anuncio comercial que escuchaste en clase. Mientras escuchas, puedes mirar el guion del anuncio que está en el apéndice del manual.

La América precolombina

PRONUNCIACIÓN

The consonant *r*

The consonant **r** has two different pronunciations in Spanish: the flap sound as in **ahora,** similar to the double *t* sound in *butter* and *Betty,* and the trill sound as in **ahorra.** The **r** is pronounced with the trill only at the beginning of a word or after **l, n,** or **s** as in **rompía, sonríe,** and **Israel.** The **rr** is always pronounced with the trill, as in **borracho.**

ACTIVIDAD 1 **Escucha y marca la diferencia**

Mira los pares de palabras y marca la palabra que se dice en cada caso.

1. caro   carro
2. pero   perro
3. cero   cerro
4. ahora   ahorra
5. para   parra
6. moro   morro

ACTIVIDAD 2 **Escucha y repite**

Escucha y repite las siguientes palabras. Presta atención a la pronunciación de **r** y **rr.**

1. cara   5. pelirrojo
2. rubia   6. color
3. triangular   7. honrado
4. alrededor   8. israelita

ACTIVIDAD 3 **Escucha y repite**

Escucha y repite las siguientes partes de la leyenda de Quetzalcóatl. Presta atención a la pronunciación de **r** y **rr.**

1. Quería ir a vivir a la tierra.
2. Los dioses le enseñaron a obtener el oro.
3. Los toltecas se hicieron ricos.
4. Quería darles algo para su futuro.
5. Y de repente vio un hormiguero.
6. Y colorín, colorado, esta leyenda ha terminado.

COMPRENSIÓN ORAL

ACTIVIDAD 4 El pasado

Vas a escuchar cinco oraciones sobre los indígenas de Norte y Centro América. Para cada una indica si es:

A. una acción habitual en el pasado

B. una descripción en el pasado

C. una acción habitual en el presente

1. _____   3. _____   5. _____

2. _____   4. _____

ACTIVIDAD 5 Descripción de delincuentes

Anoche un hombre y una mujer asaltaron un supermercado. Antes de escuchar la noticia, lee la lista de rasgos faciales. Luego escucha a una locutora de radio y marca los rasgos de cada delincuente. ¡Ojo! Algunos de los rasgos no describen a ninguno de los dos delincuentes.

			Hombre	Mujer
1.	barba		☐	☐
2.	bigotes		☐	☐
3.	boca	a. grande	☐	☐
		b. pequeña	☐	☐
4.	cicatriz		☐	☐
5.	frenillos		☐	☐
6.	nariz	a. grande	☐	☐
		b. pequeña	☐	☐
7.	ojos	a. grandes	☐	☐
		b. pequeños	☐	☐
8.	pecas		☐	☐
9.	pelo	a. lacio, negro y corto	☐	☐
		b. rizado y largo	☐	☐
10.	tatuaje		☐	☐

ACTIVIDAD 6 Un día feriado

Hoy es feriado y los empleados de una compañía se reúnen en un picnic. Entre los empleados se encuentran Juan y Lautaro, que están sorprendidos porque notan algunos aspectos de la personalidad de sus compañeros de trabajo que nunca ven en la oficina. Indica cómo es cada compañero y cómo se está comportando hoy.

		En la oficina...	Hoy en el picnic...
1.	la jefa	es _____	está _____
2.	Miguel	es _____	está _____
3.	José	es _____	está _____

ESTRATEGIA DE COMPRENSIÓN ORAL: *MAKING INFERENCES*

It is sometimes necessary to listen between the lines, that is, to extract information that is not said explicitly. Sometimes when you listen to a radio interview, for example, you cannot see the persons involved and, therefore, may have to infer their age as well as their attitude towards one another and towards what they are saying.

ACTIVIDAD 7 Inferencias

Vas a escuchar tres conversaciones cortas. Intenta deducir qué ocurre en cada situación y marca tus deducciones. Recuerda leer la información antes de escuchar cada conversación.

Conversación 1

a. Le escribía a ☐ unos tíos. ☐ sus abuelos.
☐ una amiga. ☐ un amigo.

b. Le escribía ☐ un poema. ☐ un mail.

c. Él se enojó porque ☐ el correo era muy caro. ☐ la/s otra/s persona/s no contestaba/n.

Conversación 2

a. Ellos tienen ☐ 10–12 años. ☐ 15–18 años. ☐ 40–50 años.

b. Están en ☐ una fiesta. ☐ un barco.
☐ una oficina. ☐ una clase.

c. El regalo es para ☐ un invitado. ☐ una prima.
☐ unos amigos. ☐ un compañero de trabajo.

Conversación 3

a. Él está ☐ celoso. ☐ cansado.
☐ relajado. ☐ contento.

b. Ellos tienen ☐ 10–12 años. ☐ 23–28 años. ☐ 40–50 años.

c. Están en ☐ una sala. ☐ una cafetería.
☐ una cocina. ☐ una playa.

d. ¿Quién recibió la noticia? ☐ una niña ☐ un pariente
☐ unas niñas ☐ unos parientes

e. La noticia era de ☐ un trabajo mejor. ☐ una tragedia.
☐ un premio. ☐ un coche nuevo.

ACTIVIDAD 8 Una noticia arqueológica

Parte A: Antes de escuchar una noticia arqueológica por radio, para la grabación y lee la lista de verbos que aparecen en la noticia. Luego intenta predecir cuál es la noticia.

descubrieron   vivían
fue   estaban
había   encontraron

Parte B: Ahora escucha la noticia para confirmar o corregir tu predicción.

Parte C: Escucha la noticia otra vez y contesta las preguntas. Al escribir números, hazlo con números y no con letras.

1. ¿Cuánto tiempo hace que fue famoso este lugar?   Hace _____ años.
2. ¿Cuántas pirámides había?   Más de _____.
3. ¿Cuántos habitantes había?   Más de _____.
4. ¿Cuál era el pasatiempo favorito de la gente?   Los juegos de _____.
5. ¿Qué cosas se encontraron?   a. _____ de cerámica

                                                          b. una _____

ACTIVIDAD 9 La leyenda del chocolate

Parte A: La locutora de un programa de radio para niños va a contar una leyenda tolteca sobre cómo llegó el chocolate a la tierra. Los toltecas habitaron el sur de México y parte de Guatemala. El protagonista de la leyenda se llama Quetzalcóatl. Escucha el principio de la leyenda y marca las descripciones que se mencionan.

1a. ☐ Los dioses vivían en una estrella gigante.   1b. ☐ Los dioses vivían en el cielo.
2a. ☐ Tenían pájaros.   2b. ☐ Tenían serpientes.
3a. ☐ Quetzalcóatl era el guardián.   3b. ☐ Quetzalcóatl era el jardinero.
4a. ☐ Había un arbusto (*shrub*) con florecitas.   4b. ☐ Había un jaguar con su cría
                                                         (*litter*).

Parte B: Los sucesos de la leyenda del chocolate están escritos fuera de orden. Antes de escuchar la leyenda, léelos y después, numera los sucesos mientras escuchas el resto de la leyenda.

a. _____ Algunos dioses no querían darle permiso.
b. _____ Finalmente le dieron permiso.
c. _____ Fue a pedirles permiso a los dioses.
d. _____ Fue al jardín para tomar unas semillas.
e. _____ Quetzalcóatl decidió vivir en la tierra.
f. _____ Fue al jardín y tomó unas semillas.
g. _____ Las llevó a la tierra.
h. _____ Su mamá lo vio.

ACTIVIDAD 10 ¿Discriminación al indígena?

Dos amigos hablan de la discriminación al indígena en México y Ecuador. Escucha la conversación y completa la información.

1. Ejemplos de discriminación en México según la mujer: (marca dos)

    a. _____ Los indígenas siempre tienen que esperar en las oficinas públicas para que los atiendan.

    b. _____ El gobierno les quita sus tierras.

    c. _____ Los indígenas son criados (*servants*) en los programas de televisión.

    d. _____ La policía trata mal a los indígenas.

2. Guayasamín es

    a. _____ un cantante ecuatoriano.

    b. _____ un pintor ecuatoriano.

    c. _____ un escritor ecuatoriano.

3. Guayasamín muestra cómo sufre el _____.

Este es el final del programa de laboratorio para el Capítulo 3. Ahora vas a escuchar la leyenda que escuchaste en clase, **"La leyenda del maíz".** Mientras escuchas, puedes mirar el guion de la leyenda que está en el apéndice del manual.

Llegan los inmigrantes

PRONUNCIACIÓN

Linking

In normal conversation, you link words as you speak to provide a smooth transition from one word to the next. In Spanish, when the last letter of a word is the same as the first letter of the following word, the last and first letters are pronounced almost as one letter; for example, **la_ascendencia, el_lugar.** Remember that the **h** is silent in Spanish, so the link occurs as follows: **la_habitante.** In addition, a word ending in a consonant usually can be linked to the next word if the latter begins with a vowel; for example, **los_extranjeros, el_orgullo.** It is also very common to link final vowels with beginning vowels, as in **la_emigrante.**

ACTIVIDAD 1 Escucha y repite

Escucha y repite las siguientes ideas sobre la inmigración.

1. Se_hizo la_América.
2. La_esclava_hacía todo_el trabajo pesado.
3. Los descendientes_sabían que no le debían_nada_a nadie.
4. Tenían_incentivos para_abrirse_a nuevas_oportunidades.
5. No podemos_ignorar la_influencia que tienen los_inmigrantes.
6. Todos_eran_oriundos de_ese lugar.

ACTIVIDAD 2 Escucha y repite

Escucha y repite lo que dice un cubano sobre su origen.

Mi bisabuelo_era_español, pero mi_origen se remonta más_atrás_en la_historia. No sé mucho, pero_es_algo que me gustaría_investigar, pues_existen_archivos_excelentes_en Trinidad.

COMPRENSIÓN ORAL

ACTIVIDAD 3 Mala suerte

Vas a escuchar a tres personas hablar de un problema que tuvo cada una. Escúchalas para **deducir** e indicar qué le pasó a cada persona. Recuerda leer los problemas antes de empezar.

1. _____ a la mujer
2. _____ al hombre
3. _____ a la esposa del señor

   a. Se le acabó la gasolina.
   b. Se le descompuso la computadora.
   c. Se le quedaron las llaves en el carro.
   d. Se le olvidó el nombre de una persona.
   e. Se le perdió la billetera (*wallet*).
   f. Se le rompieron los pantalones.

ACTIVIDAD 4 Un crucigrama

Escucha las siguientes definiciones y completa el crucigrama con palabras relacionadas con la inmigración. Recuerda que en los crucigramas las palabras no llevan acento.

ACTIVIDAD 5 Intenciones

Parte A: Escucha las siguientes miniconversaciones sobre personas que tuvieron diferentes problemas. Para cada conversación indica con letras mayúsculas (A, B, etc.) qué iba a hacer esa persona y con letras minúsculas (a, b, etc.) por qué no lo hizo. Antes de escuchar las miniconversaciones, lee las opciones.

Conversación	Iba a...	No pudo porque...
1. _____ _____	**A.** ir a dormir	**a.** estaba enfermo/a
2. _____ _____	**B.** ir a un concierto	**b.** estaba súper ocupado/a
3. _____ _____	**C.** ir a una fiesta	**c.** lo/la llamaron del trabajo
	D. comprar algo en la panadería	**d.** no había entradas
	E. preparar un pastel	**e.** no tenía dinero

Parte B: Ahora escucha otras miniconversaciones y para cada una indica la obligación que tenía la persona. Luego, al lado de la palabra **sí** pon una X si completó la obligación y, si no la completó, al lado de la palabra **no** escribe la letra del problema que tuvo. Antes de escuchar las miniconversaciones, lee las opciones.

Conversación	Obligaciones	Problemas
1. ____ sí ____ no ____	**A.** ir al dentista	**a.** se le descompuso
2. ____ sí ____ no ____	**B.** limpiar su casa	**b.** se le olvidó
3. ____ sí ____ no ____	**C.** llevar a arreglar la computadora	**c.** se le perdió la dirección
	D. sacar la visa para Brasil	**d.** se quedó dormido/a
	E. terminar el trabajo escrito en su computadora	

ACTIVIDAD 6 El origen de tu familia

Rosa y Francisco hablan del origen de su familia. Escucha la conversación y marca las cosas que ha hecho Rosa, las cosas que ha hecho Francisco y las que no ha hecho ninguno de los dos. Recuerda leer la información antes de escuchar la conversación.

	Rosa	Francisco	Ninguno de los dos
1. Ha ido al Museo del Inmigrante.	☐	☐	☐
2. Ha visto el árbol genealógico de su familia.	☐	☐	☐
3. Ha hecho investigación sobre su familia en Internet.	☐	☐	☐
4. Ha ido a otro país donde viven parientes suyos.	☐	☐	☐
5. Ha aprendido bien la lengua de sus abuelos.	☐	☐	☐
6. Ha salido con alguien de otra nacionalidad.	☐	☐	☐

ACTIVIDAD 7 Perspectiva de inmigrantes

Escucha a Ivo y a Andrea hablar sobre lo bueno, lo malo y lo difícil de vivir en otro país y marca las ideas que mencionan. Antes de escuchar la conversación, lee las opciones.

Lo bueno
- ☐ ver las cosas desde otro punto de vista
- ☐ aprender otro idioma bien
- ☐ hacer amigos nuevos
- ☐ aprender otra cultura

Lo malo
- ☐ no conocer bien el lugar
- ☐ no tener a su familia cerca
- ☐ sentirse rechazado por no hablar bien el idioma

Lo difícil
- ☐ sentir nostalgia por su ciudad
- ☐ sentir nostalgia por sus comidas típicas
- ☐ tener un futuro incierto

ACTIVIDAD 8 Inmigración a Perú

Escucha a un profesor mientras habla de un grupo de inmigrantes que llegó a Perú y completa la tabla.

nacionalidad y años importantes de emigración	condiciones en su país de origen	por qué fueron a Perú	otros datos
• _____ • entre _____ y _____ (años)	• su país se convierte en una sociedad _____ • los campesinos empiezan a perder su _____	• para trabajar en los campos de _____ __ _____	• durante la _____ Guerra Mundial, Perú los manda a _____ (país)

ESTRATEGIA DE COMPRENSIÓN ORAL: *GUESSING MEANING FROM CONTEXT*

When listening, you will often come across words that are unfamiliar to you. In many cases these may be cognates, which are easily understood. In other cases, however, you will need to pay close attention to the context to guess the meaning of unfamiliar words.

ACTIVIDAD 9 Un episodio

Escucha a una persona que describe qué le ocurrió una vez. Mientras escuchas, completa la tabla.

CIRCUNSTANCIAS			QUÉ OCURRIÓ
Edad	**Lugar** (marca uno)	**Tiempo**	• en su país, ella dejó a su _____ • en el lugar de vacaciones, conoció a un _____ ____ _____ que le gustó • esta persona la invitó a su _____ • allí se encontró con el mejor _____ de su _____
	☐ Caribe ☐ Bariloche ☐ Puerto Rico	• _____ • _____ _____	

Este es el final del programa de laboratorio para el Capítulo 4. Ahora vas a escuchar la entrevista a un artista cubano que escuchaste en clase. Mientras escuchas, puedes mirar el guion de la entrevista que está en el apéndice del manual.

Los Estados Unidos: Sabrosa fusión de culturas

CAPÍTULO
5

PRONUNCIACIÓN
The letters *b* and *v*

In most Spanish dialects there is no difference between the pronunciation of the letters **b** and **v**. When these letters occur at the beginning of a sentence, or after **m** or **n** respectively, they are pronounced much like the *b* in the English word *boy;* for example, **legumbres, verduras.** In all other cases, they are pronounced by not quite closing the lips, as in **bebidas, aperitivo.**

ACTIVIDAD 1 Escucha y repite

Escucha y repite las siguientes palabras relacionadas con la comida, prestando atención a la pronunciación de la **b** y la **v.**

1. vaso
2. arvejas
3. vino tinto
4. berenjena
5. verduras frescas
6. botella
7. enviar
8. gambas

ACTIVIDAD 2 Escucha y repite

Escucha y repite las siguientes partes de la conversación del libro de texto. Presta atención a la pronunciación de la **b** y la **v.**

1. Buen provecho.
2. Pero es verdad.
3. Bueno, está bien.
4. Pero, papi, no tengo mucha hambre.
5. Mi plátano no viene ni de Asia ni de las Islas Canarias.
6. ¡Por favor!

COMPRENSIÓN ORAL

ACTIVIDAD 3 El crucigrama

Escucha las siguientes definiciones y completa el crucigrama con palabras relacionadas con la comida. Recuerda que en los crucigramas las palabras no llevan acento.

ACTIVIDAD 4 Una receta

Escucha la receta que da un chef por la radio y numera los dibujos de la receta para ponerlos en orden.

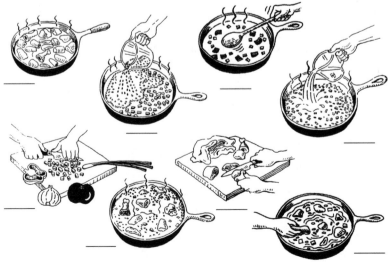

ACTIVIDAD 5 Los consejos universitarios

Parte A: Una muchacha va a ir a los Estados Unidos a estudiar en una universidad y les pide consejos académicos a unos amigos. Antes de escuchar, marca los tres consejos lógicos para un extranjero que quiera estudiar en tu universidad.

1. ☐ Te recomiendo que te matricules en las clases lo antes posible.
2. ☐ Te aconsejo que no vayas a clase.
3. ☐ Es importante que sepas bien inglés.
4. ☐ Es buena idea no ver a los profesores en sus horas de oficina.
5. ☐ Te aconsejo que compres los libros pronto y que guardes el recibo por si cambias de clase.

Parte B: Ahora escucha la conversación y marca en la primera columna los cinco consejos que escuchas. Recuerda leer los consejos antes de escuchar.

	Consejos que escuchas	Consejos que va a poner en práctica
1. conocer a su consejero	☐	☐
2. asistir a clase	☐	☐
3. matricularse por Internet	☐	☐
4. tomar una clase fácil	☐	☐
5. aprender a buscar información en la biblioteca	☐	☐
6. tomar una clase de redacción	☐	☐
7. estudiar desde el primer día	☐	☐
8. pedirle apuntes a otro estudiante	☐	☐

Parte C: Escucha la conversación otra vez y marca en la segunda columna los consejos que crees que la muchacha va a poner en práctica.

ACTIVIDAD 6 Un problema

Parte A: Un muchacho llama al programa de radio "Los consejos de Consuelo" para contar un problema. Escúchalo y completa el problema que tuvo.

Perdió un _____ porque se le descompuso

_____ .

Parte B: En el programa de radio, Consuelo le sugiere que hable con el profesor, pero a él no le parece buena idea. Escucha la conversación otra vez y completa cómo es el profesor y cómo va a reaccionar según el muchacho.

1. El profesor es muy _____ .
2. El profesor no le va a _____ al muchacho.

Escucha el siguiente programa de radio donde se habla sobre el cantante del mes y completa la tabla.

Cantante del mes: Natalia Lafourcade

Nacionalidad: _____

Cantidad de premios de MTV: _____

Cantidad de Grammys: _____

Le gusta la música de _____. (cantante)

Empezó a cantar a los _____ años.

Tenía _____ años cuando conoció a su primer amor.

Temas de sus canciones:

- *su primer _____*

- *problemas con los _____*

- *cosas que les ocurren a los _____*

Su música tiene estilos de _____ , de _____ y de bossa nova.

Promociona su música en _____ y _____ .

ESTRATEGIA DE COMPRENSIÓN ORAL: *DISTINGUISHING MAIN AND SUPPORTING IDEAS*

Distinguishing main ideas from supporting details can greatly aid your overall comprehension. Therefore, when listening, it is important to determine what the central topic is. Once you know the central topic, you can focus on how the speaker supports his or her points. As you listen to recordings to improve your comprehension of spoken Spanish, listen once to determine the central topics and then a second time to find the supporting ideas.

ACTIVIDAD 8 Un anuncio informativo

Vas a escuchar un anuncio informativo. Necesitas averiguar cuál es la idea central del anuncio e identificar tres recomendaciones que se hacen.

Idea central:

- ☐ qué hacer para no comer demasiado
- ☐ cómo evitar el dolor de estómago
- ☐ qué hacer cuando nos sentamos a la mesa

Ideas que apoyan (recomendaciones):

- ☐ beber mucha agua antes de comer
- ☐ no hablar mucho al comer
- ☐ masticar (*chew*) bien
- ☐ no mirar TV o leer
- ☐ preparar comida de bajas calorías
- ☐ tomar Pepto Bismol

ACTIVIDAD 9 La comida de mi casa

Una muchacha mexicana y un joven puertorriqueño hablan sobre las comidas de sus países. Ahora escucha la conversación y completa la información de la tabla.

Mujer mexicana	Hombre puertorriqueño
Desayuno: huevos rancheros	Desayuno: café con _____ y pan _____
Almuerzo: _____ con _____ y _____ natural con _____ hora: _____ p. m.	Almuerzo: _____ hora: 12 p. m.
La comida más fuerte es: (marca una) ☐ almuerzo ☐ cena	La comida más fuerte es: (marca una) ☐ almuerzo ☐ cena

Este es el final del programa de laboratorio para el Capítulo 5. Ahora vas a escuchar la conversación que escuchaste en clase, **"En esta mesa se habla español"**. Mientras escuchas, puedes mirar el guion de la conversación que está en el apéndice del manual.

Nuevas democracias

PRONUNCIACIÓN

Spanish *p, t,* and [*k*]

In Spanish **p, t,** and [**k**] ([**k**] **represents a sound**) are unaspirated. This means that, unlike English, there is no puff of air when these sounds are pronounced. Listen to the difference: *potato,* **papa;** *tomato,* **tomate;** *cut,* **cortar.** To experience this difference, hold the back of your hand in front of your mouth and say *paper.* You should feel an explosion of air as you say the *p.* Now, hold your hand in front of your mouth and compress your lips as you say **papá** several times without allowing a puff of air.

ACTIVIDAD 1 **Escucha y repite**

Escucha y repite las siguientes palabras relacionadas con la política y presta atención a la pronunciación de **p, t** y [**k**].

1. corrupción
2. tratado
3. asunto político
4. discriminar
5. campaña electoral
6. golpe de estado

ACTIVIDAD 2 **Escucha y repite**

Escucha y repite partes de la conversación del libro de texto. Presta atención a la pronunciación de **p, t** y [**k**] y a la unión de palabras.

1. Me parece muy bien.
2. Mi tío fue‿a‿un concierto que dio Sting.
3. Le fue‿imposible tocar‿en Chile la canción.
4. Entonces‿se fue‿a Mendoza‿a tocarla.
5. Quince mil chilenos cruzaron la frontera para‿ir‿a‿escucharlo.
6. Fue responsable‿de la tortura‿y‿desaparición de miles‿de personas.

COMPRENSIÓN ORAL

ACTIVIDAD 3 **Personas famosas**

Escucha estas descripciones de unas personas famosas. Indica para cada persona su nacionalidad, su ocupación y por qué es famosa.

	Nacionalidad	Ocupación	Por qué es famoso/a
1. Rebecca Lobo	norteamericana	comentarista de _____	ayudó a popularizar el _____ _____ en EE.UU.
2. Óscar Arias	costarricense	fue _____ de su país	Premio _____ de la _____
3. Victoria Pueyrredón	_____	escritora	escribió el cuento " _____ _____ "
4. Ricardo Arjona	_____	cantante	ganó _____ Grammys
5. María Izquierdo	_____	_____	*Sueño y presentimiento* (un _____)

ACTIVIDAD 4 **Una candidata a representante estudiantil**

Parte A: Una muchacha, que es candidata a representante estudiantil de una facultad de sociología, le habla a un grupo de estudiantes sobre los problemas de esa facultad. Antes de escucharla, completa los siguientes problemas típicos con los verbos que se presentan y luego marca el problema que más te molesta.

1. ☐ Es lamentable que la cafetería no _____ comida orgánica. (servir)
2. ☐ Es terrible que la universidad _____ tantas clases a las 8 y a las 9 de la mañana. (ofrecer)
3. ☐ Es malo que la matrícula de la universidad _____ tanto dinero. (costar)

Parte B: Ahora escucha a la muchacha y anota los tres problemas de su facultad y las soluciones que ella ofrece.

	1	2	3
Problema	no hay una buena _____	clases con más de _____ estudiantes	no hay un curso sobre los efectos de la _____
Solución	tener una con _____ actualizado	reducir el _____ de estudiantes	abrir una _____ para enseñar eso

Parte C: Usa la información de la tabla de la Parte B para escribir oraciones sobre dos problemas y soluciones que menciona la muchacha en su discurso. Indica en cada oración qué es lamentable (el problema) y qué es preciso (la solución) según la muchacha.

1. Es lamentable que _____ ,

    por eso es preciso _____ .

2. Es lamentable que _____ ,

    por eso es preciso _____ .

ACTIVIDAD 5 Una crítica de cine

Parte A: Una locutora de radio va a hacer una crítica de *Fresa y chocolate,* una película cubana que fue nominada para el Oscar. Escucha su comentario y combina un nombre de la columna izquierda con un sustantivo de la columna derecha.

1. Gutiérrez Alea _____   a. actor (papel de David)
2. Coppelia _____   b. actor (papel de Diego)
3. Perugorria _____   c. productor
4. La Habana _____   d. heladería
5. Cruz _____   e. director
                                f. ciudad

Parte B: Ahora escucha la crítica otra vez y contesta las preguntas.

1. ¿De qué se trata la película? Es sobre un artista que es rechazado por el partido

    _____ por ser _____ .

2. ¿Cuál es el tema principal? Cómo evoluciona la amistad entre

    _____ y _____ . (nombres)

3. ¿Recomienda el locutor esta película?   Sí ☐   No ☐   Ni sí, ni no ☐

ACTIVIDAD 6 ¿Un viaje fantástico?

Parte A: Una muchacha mexicana que acaba de regresar de Buenos Aires, Argentina, le está contando sobre su viaje a un amigo que ya conoce esa ciudad. Escucha la conversación y marca los lugares que ella visitó.

1. ☐ la calle Corrientes   5. ☐ la Plaza de Mayo
2. ☐ la calle Florida   6. ☐ la Recoleta
3. ☐ la Casa Rosada   7. ☐ el cementerio de la Recoleta
4. ☐ la Catedral

Parte B: Ahora escucha la conversación otra vez y apunta la información que da el hombre sobre los tres lugares que ella no visitó. Luego imagina que eres el hombre y escribe oraciones para decir por qué es lamentable, es una pena o te sorprende que ella no haya visitado esos lugares.

1. Es lamentable que tú no _____ _____ (ir) a la _____ porque allí está la _____ de San Martín.

2. Es una pena que tú no _____ _____ (caminar) por la _____ porque allí hay muchas _____.

3. Me sorprende que tú no _____ _____ (estar) en el _____ _____ _____ _____ porque allí están las _____ de las personas más importantes del país.

ACTIVIDAD 7 | Características de un político

Parte A: Consuelo, la locutora de un programa de radio, le pregunta a la gente qué características necesita un político para tener éxito. Escucha las llamadas y completa las cuatro características que se mencionan.

1. ser una persona _____
2. tener una buena _____
3. no haber estado involucrado en ningún _____
4. tener buen sentido del _____

Parte B: Ahora usa la información de la Parte A para escribir una oración que exprese cuál de las cuatro características te parece más importante en un político.

Para mí, es fundamental que un político _____
_____.

ACTIVIDAD 8 | El voto obligatorio

Vas a escuchar a una argentina y a un estadounidense hablar sobre el voto. En Argentina el voto es obligatorio y en los Estados Unidos es opcional. Escucha la conversación y completa las ideas sobre Argentina.

1. En Argentina, votar es una obligación y un _____.
2. La gente vota en blanco para _____ cuando no le gusta ninguno de los candidatos.
3. Para votar, uno debe presentar el _____ nacional de _____ o DNI.
4. Si la persona no vota, hay problemas para obtener el _____.
5. La gente se informa sobre los candidatos a través de
   - ☐ Internet.
   - ☐ la radio.
   - ☐ el periódico.
   - ☐ la televisión.
   - ☐ otras personas.

ESTRATEGIA DE COMPRENSIÓN ORAL: *DISTINGUISHING FACT FROM OPINION*

There are times when facts can be presented in an opinionated fashion. Whether you are listening to a newscast, an editorial, or a simple conversation between friends, it is important to separate facts from opinions. Notice how changing a single adjective can alter how an event is perceived by the listeners: *An angry crowd gathered in front of the White House. / A spirited crowd gathered in front of the White House.* Therefore, it is important to know, if possible, the bias of the speaker to whom you are listening.

ACTIVIDAD | **9** | **¿Ayuda norteamericana?**

Carmen y Ramiro hablan sobre el beneficio de que los Estados Unidos se alíen con los países latinoamericanos. Escucha la conversación y completa la información.

1. Carmen cree que la alianza (*alliance*) puede traer estabilidad _____.

2. Carmen cree que los EE.UU. pueden (marca dos)
   a. ☐ combatir el tráfico de drogas.
   b. ☐ dar préstamos (*loans*).
   c. ☐ invertir dinero.
   d. ☐ abrir fábricas.
   e. ☐ ofrecer ayuda militar.

3. Para Ramiro la solución es crear un _____ común entre los países _____.

Este es el final del programa de laboratorio para el Capítulo 6. Ahora vas a escuchar la conversación que escuchaste en clase, **"Nadie está inmune"**. Mientras escuchas, puedes mirar el guion de la conversación que está en el apéndice del manual.

Nuestro medio ambiente

COMPRENSIÓN ORAL

ACTIVIDAD 1 Deportes de aventura

Vas a escuchar definiciones de deportes de aventura. Escribe el número de la definición al lado del deporte que se describe.

_____ acampar
_____ bucear
_____ escalar
_____ hacer alas delta
_____ hacer esquí acuático

_____ hacer esquí alpino
_____ hacer esquí nórdico
_____ hacer snorkel
_____ hacer surf

ACTIVIDAD 2 Inferencias

Vas a escuchar tres conversaciones cortas. Intenta deducir qué ocurre en cada situación y marca tus deducciones.

Conversación 1

a. Están en
☐ una fiesta.
☐ un supermercado.
☐ una tienda de ropa.
☐ una oficina.

b. La mujer es
☐ una supervisora.
☐ una cajera.
☐ una cliente.
☐ una oficinista.

c. El hombre es
☐ un supervisor.
☐ un oficinista.
☐ un cliente.
☐ un cajero.

d. El hombre no necesita
☐ comida.
☐ papel.
☐ más trabajo.
☐ bolsas.

Conversación 2

a. Las personas que hablan probablemente son
☐ vecinos.
☐ hermanos.
☐ esposos.
☐ amigos.

b. Hablan de
☐ su vecino.
☐ sus hijos.
☐ sus amigos.
☐ su hija.

c. La mujer ya les ha dicho muchas veces que
☐ hagan la tarea.
☐ apaguen la luz.
☐ ordenen la habitación.
☐ sean honestos.

Conversación 3

a. Las personas que hablan son

☐ esposos. ☐ hermanos.

☐ abuelo y nieta.

b. Él compró

☐ unos bombones ricos. ☐ un par de aretes.

☐ unas flores bonitas. ☐ unos videos.

c. Son para

☐ su madre. ☐ una prima.

☐ un amigo. ☐ su esposa.

d. El motivo es

☐ el cumpleaños de ella. ☐ un ascenso en el trabajo.

☐ su aniversario de casados.

ACTIVIDAD 3 Sugerencias para conservar agua

Escucha un anuncio sobre cómo conservar agua en el baño y marca las cuatro sugerencias que se mencionan. Recuerda leer la lista de sugerencias antes de escuchar.

Sugerencias para conservar agua

1. darse duchas más cortas ☐
2. cerrar el grifo (*faucet*) mientras uno se lava los dientes ☐
3. instalar una ducha que consuma poca agua ☐
4. cerrar el grifo mientras uno se afeita ☐
5. poner una botella con piedras en el tanque del inodoro ☐
6. no usar el inodoro (*toilet*) como basurero ☐

ACTIVIDAD 4 En busca de ayuda

Parte A: Un muchacho llama a una asociación de psicólogos que ofrecen ayuda por teléfono. Lee la lista de problemas y luego escucha la conversación para marcar los cuatro problemas que tiene el muchacho.

1. No tiene ganas de estudiar. ☐
2. Discutió con un profesor. ☐
3. Saca malas notas en los exámenes. ☐
4. No hay nadie que escuche sus problemas. ☐
5. No hay nadie que quiera salir con él. ☐
6. Tiene problemas con su jefe. ☐
7. Tiene problemas con su novia. ☐
8. Cree que no es una persona atractiva. ☐
9. Cree que no es una persona interesante. ☐

Parte B: Ahora escribe el consejo para este muchacho que probablemente le dé la psicóloga. Usa la frase apropiada.

dormir más
hablar con su novia
no discutir con el jefe
ver a un psicólogo en persona

Te aconsejo que _____.

ACTIVIDAD 5 **Quiero un lugar...**

Parte A: Un joven mexicano que vive en el D. F. (la Ciudad de México), le está describiendo a una amiga el lugar ideal para vivir. Escucha la conversación y marca las tres características que busca el joven en un lugar.

1. ☐ que tenga aire puro
2. ☐ donde haga calor
3. ☐ donde haya poco crimen
4. ☐ que sea tranquilo
5. ☐ que esté cerca del mar
6. ☐ que sea un centro urbano
7. ☐ donde haya buenas escuelas

Parte B: Escucha la conversación otra vez y escribe las dos cosas que está haciendo el gobierno mexicano para controlar la contaminación en el D. F.

1. El gobierno está _____ árboles.
2. También está controlando la cantidad de _____ en la zona.

ACTIVIDAD 6 **La agencia de viajes**

Una muchacha está hablando con un agente de viajes pues quiere que le recomiende un lugar de vacaciones. Escucha la conversación y apunta o marca la información apropiada.

1. La muchacha busca un lugar donde pueda...
   a. hacer _____.
   b. ver diferentes especies de animales y de _____.
   c. estar en contacto con la _____.

(*Continúa en la página siguiente.*)

2. Actividades que puede hacer en los siguientes lugares

	Islas Galápagos en Ecuador	Parques nacionales en Costa Rica
hacer snorkel	☐	☐
ver...		
diferentes animales	☐	☐
leones marinos	☐	☐
peces de varios colores	☐	☐
pingüinos	☐	☐
plantas tropicales	☐	☐
tortugas	☐	☐
variedad de mariposas	☐	☐

ESTRATEGIA DE COMPRENSIÓN ORAL: *LISTENING TO A NEWS STORY*

A news story usually answers the questions *what? when? where?* and *how?* Therefore, it is useful to have these questions in mind when you listen to a news story.

ACTIVIDAD 7 Una noticia ecológica

Vas a escuchar una noticia ecológica en la que se mencionan tres tragedias. Apunta la información para cada tragedia.

TRAGEDIA	No. 1	No. 2	No. 3
¿Cuándo?	marzo de _____	marzo de 2009	_____ de 2009
¿Qué?	murieron 1.200 _____	murieron miles de _____	murieron _____ pichones de flamencos
¿Dónde?	en una _____ del sur de Chile	en una _____ del sur de Chile	en un _____ del desierto de Atacama
¿Cómo?			
• calentamiento global	☐	☐	☐
• contaminación	☐	☐	☐
• enfermedad bacterial	☐	☐	☐
• pesca excesiva	☐	☐	☐

ACTIVIDAD 8 El ecoturismo

Carlos y una amiga hablan sobre el ecoturismo en Costa Rica y las islas Galápagos. Escucha la conversación y marca los dos problemas que tiene Costa Rica según Carlos.

Problemas de Costa Rica según Carlos

1. ☐ demasiados autobuses para turistas
2. ☐ muchos turistas
3. ☐ muchas industrias
4. ☐ deforestación

Este es el final del programa de laboratorio para el Capítulo 7. Ahora vas a escuchar la conversación que escuchaste en clase, **"Unas vacaciones diferentes"**. Mientras escuchas, puedes mirar el guion de la conversación que está en el apéndice del manual.

Hablemos de trabajo

COMPRENSIÓN ORAL

ACTIVIDAD 1 El crucigrama

Escucha las siguientes definiciones y completa el crucigrama con palabras relacionadas con el trabajo. Recuerda que las palabras no llevan acento en los crucigramas.

ACTIVIDAD 2 Consejos laborales

Parte A: Una persona llama a un programa de radio para pedir consejos sobre un problema laboral. Escucha la conversación y apunta el problema que tiene la persona.

Escuchó un _____ que la empresa lo va a

_____.

Parte B: Ahora escucha a la consejera y marca el consejo que ella le da.

1. ☐ ir a hablar con su jefe
2. ☐ buscar otro trabajo
3. ☐ no darle importancia al rumor
4. ☐ averiguar más sobre el rumor
5. ☐ tomarse unas vacaciones

Parte C: Ahora completa los consejos adicionales que tal vez le dé la consejera.

1. En caso de que el rumor _____ verdad, necesitas empezar a buscar otro trabajo. (ser)

2. Para _____ tranquilo, debes aclarar la situación. (sentirse)

3. Habla con las personas de recursos humanos para que ellos te _____ en cómo proceder. (guiar)

ACTIVIDAD 3 El consejero matrimonial

Parte A: Una pareja va a ver a un consejero matrimonial porque tiene problemas. Escucha la conversación e indica qué dice el hombre y qué dice la mujer.

	Hombre	Mujer
1. "Nunca escucha lo que digo."	☐	☐
2. "Siempre habla hasta por los codos."	☐	☐
3. "¿Quieres hablar de nuestra falta de comunicación?"	☐	☐
4. "Tú te dormiste antes que yo."	☐	☐
5. "Un día voy a tirar el televisor por la ventana."	☐	☐

Parte B: Ahora escribe qué dijo cada uno, usando el estilo indirecto. Por ejemplo: Él dijo que ella se había quedado dormida primero.

1. _____

2. _____

3. _____

4. _____

5. _____

ACTIVIDAD 4 El sofá perfecto

Parte A: Una muchacha le está contando a un amigo cómo es el sofá que ella quiere diseñar. Antes de escuchar la conversación, marca tres características que te gustaría tener en un sofá.

	Tus preferencias	Sus preferencias
1. tener revistero (*magazine rack*)	🗖	🗖
2. ser reclinable	🗖	🗖
3. tener control remoto	🗖	🗖
4. tener lámpara	🗖	🗖
5. tener un apoyalibros (*book holder*) con luz	🗖	🗖
6. dar masajes	🗖	🗖
7. emitir calor en invierno y frío en verano	🗖	🗖
8. tener un cajón (*drawer*) multiuso	🗖	🗖

Parte B: Ahora escucha la conversación y marca en la lista de la Parte A las tres características que menciona la muchacha.

Parte C: Ahora indica para qué sirven las tres características que discutieron los amigos.

1. para que cada persona _____ estar sentada o reclinada (poder)
2. para _____ refrescos u otras cosas cerca (tener)
3. en caso de que uno _____ estudiar en el sofá (querer)

ACTIVIDAD 5 Entrevista a un profesor de inglés

La locutora de un programa de radio entrevista a un profesor de inglés como lengua extranjera que fue nombrado "Profesor del año". Escucha la entrevista y marca tres cosas que hace un buen profesor. Recuerda leer las ideas antes de escuchar la entrevista.

1. 🗖 no explicar gramática en clase
2. 🗖 hablar solo el idioma extranjero
3. 🗖 dar instrucciones claras
4. 🗖 hacer preguntas para asegurarse que los alumnos entendieron
5. 🗖 preguntar "¿Entienden?" con frecuencia
6. 🗖 dar exámenes sorpresa
7. 🗖 hacer que la clase trabaje en grupos
8. 🗖 indicar qué tarea hay que entregar

ACTIVIDAD 6 Cómo buscar trabajo

Parte A: Un locutor de radio entrevista a una empresaria sobre la mejor manera de buscar trabajo. Escucha la conversación y apunta los cinco consejos que da la empresaria.

1. Deben buscar en los _____ de los domingos.
2. Hablen con amigos, _____ y conocidos.
3. Tienen que preparar un buen _____.
4. Entren a la _____ con una _____.
5. Necesitan hablar de lo que uno puede hacer para la _____.

Parte B: Ahora imagina que eres Alicia Máximo, la empresaria que escuchaste en la Parte A, y completa estos consejos adicionales.

1. Les aconsejo que también _____ trabajo por Internet. (buscar)

2. Antes de la entrevista, es importante que _____ mucho sobre la compañía a la que solicitan a menos que ya la _____ bien. (leer, conocer)

3. También les recomiendo que después de la entrevista le _____ al entrevistador un mail para _____ las gracias por concederles la entrevista. (mandar, darle)

ACTIVIDAD **7** **La entrevista laboral**

Victoria Álvarez se presenta para un puesto de recepcionista en un hotel. Escucha la entrevista con el gerente y marca la experiencia y los conocimientos que tiene esta candidata. Recuerda leer la lista antes de escuchar la entrevista.

1. ☐ Es capaz de negociar conflictos.
2. ☐ Ha trabajado con niños.
3. ☐ Ha usado Dreamweaver.
4. ☐ Ha trabajado con adultos.
5. ☐ Ha estudiado idiomas extranjeros.
6. ☐ Ha tomado cursos de computación.
7. ☐ Ha trabajado con Microsoft Word.
8. ☐ Ha tenido muchos trabajos.

ESTRATEGIA DE COMPRENSIÓN ORAL: *TAKING NOTES (PART 1)*

Taking notes can aid you in organizing and understanding information. You usually take notes when you listen to a lecture in class. One way of practicing note taking is by filling out an outline, as you will be able to do in the following activity.

ACTIVIDAD | 8 | Los tratados de libre comercio

Una profesora habla sobre los pros y los contras de los tratados (*treaties*) de libre comercio. Escucha a la profesora y completa el siguiente bosquejo (*outline*).

TRATADOS DE LIBRE COMERCIO
Se permite la _____ y la _____ sin _____ aduaneras ni subsidios.
Pros • incremento en el _____ de los países participantes • creación de más _____ • estímulo de la _____
Contras • no beneficia a países _____ porque no pueden competir con los _____ de otros países • hay mayor _____ y mayor _____ • afecta el _____ y la _____ de la gente.

Este es el final del programa de laboratorio para el Capítulo 8. Ahora vas a escuchar las entrevistas que escuchaste en clase, **"Un trabajo en el extranjero"**. Mientras escuchas, puedes mirar el guion de las entrevistas que está en el apéndice del manual.

Es una obra de arte

COMPRENSIÓN ORAL

ACTIVIDAD **1** **Vocabulario artístico**

Escucha unas definiciones de palabras relacionadas con el arte y escribe el número de la definición al lado de la palabra que se define. Lee la lista de palabras antes de empezar.

_____ el autorretrato

_____ la burla

_____ censurar

_____ la fuente de inspiración

_____ interpretar

_____ la naturaleza muerta

_____ la obra maestra

_____ la reproducción

_____ simbolizar

ACTIVIDAD **2** **¿Qué es arte?**

Cuatro personas llaman a un programa de radio para decir qué es arte. Lee las definiciones y luego escucha las llamadas e indica la definición que da cada persona.

Arte es...

1. _____ Raúl
2. _____ Carlota
3. _____ Olga
4. _____ Carlos

a. la interpretación de lo que el artista ve.

b. cualquier cosa que expresa lo que una persona siente.

c. objetos de mucho valor.

d. un cuadro.

e. cosas que crea un experto en el tema.

ACTIVIDAD **3** **Me importaba mucho**

Parte A: Marcos y Julia están hablando de las cosas que eran importantes para ellos cuando tenían 12 años. Escucha la conversación y marca las tres cosas que eran importantes para Julia y las dos cosas que eran importantes para Marcos. ¡Ojo! Hay una cosa que era importante para los dos.

	Julia	Marcos
1. cuidar el físico	☐	☐
2. fumar	☐	☐
3. llevar ropa de moda	☐	☐
4. ser como sus amigos/as	☐	☐
5. ser popular	☐	☐
6. sus amigos/as respetarlo/a	☐	☐
7. tener amigos/as populares	☐	☐
8. tener muchas cosas	☐	☐

Parte B: Ahora completa dos oraciones que probablemente indiquen otras cosas que les interesaban a Marcos y a Julia.

1. Les interesaba _____ con las palabras que estaban de moda. (hablar)

2. Querían que la escuela les _____ llevar ropa punk a la escuela. (permitir)

ACTIVIDAD 4 **La batalla de Rockefeller**

La locutora de un programa de radio cuenta una historia sobre el muralista mexicano Diego Rivera. Mientras la escuchas, completa la tabla.

UNA HISTORIA SOBRE DIEGO RIVERA	
1. Edificio: _____	2. Ciudad: _____
3. Los Rockefeller eran símbolos del _____.	
4. Ideas políticas del mural:	
a. un mensaje de _____	b. el _____ como un mal
1. derecha 2. izquierda	1. capitalismo 2. marxismo
5. Qué provocó el escándalo:	
a. _____ en un periódico	b. la imagen de _____ en el mural
1. una foto 2. un artículo	1. Lenin 2. Nelson Rockefeller
6. Como consecuencia _____.	
a. Rivera repintó la parte ofensiva.	b. Rockefeller destruyó el mural.
7. En la Ciudad de México, Rivera pintó una versión más _____ del mural.	
a. grande	b. pequeña

ACTIVIDAD 5 **Un museo chileno**

Escucha la descripción del Museo de la Solidaridad y completa la tabla.

MUSEO DE LA SOLIDARIDAD	
1. Creado por un grupo de _____.	**2.** En honor al _____ Salvador Allende.

3. Entre 1971–1973 se donaron:
  a. _____ obras (en números, no en letras)
  b. pinturas, _____ grabados, fotos y _____	

4. El 11/9/1973 hubo un _____ y mataron al _____.	
5. En el exterior se abrieron los museos de la _____.	
6. El museo se inauguró en el año _____.	**7.** Hoy día tiene _____ obras. (en números, no en letras)

ESTRATEGIA DE COMPRENSIÓN ORAL: *TAKING NOTES (PART 2)*

In Chapter 8, you practiced taking notes with the help of an outline. Another useful tip when taking notes is to listen for transition words which indicate the next step of the speech, such as introducing, explaining, or giving an example. In the following activity, you will be given a list of transition words to listen for as you hear someone discussing a famous painting.

ACTIVIDAD 6 *Las meninas*

Parte A: Eres parte de un grupo de turistas en el Museo del Prado en Madrid y un guía del museo va a describir el siguiente cuadro. Antes de escuchar al guía, intenta numerar a los personajes del cuadro usando la lista de nombres que lo acompaña.

1. la infanta Margarita
2. dos damas de honor
3. Diego Velázquez
4. el rey Felipe IV
5. la reina María Ana de Austria
6. José Nieto
7. los bufones (*buffoons*)
8. dos servidores

Parte B: Ahora escucha al guía para confirmar o corregir los números que colocaste.

Parte C: Escucha la descripción otra vez y marca en la tabla las expresiones que usa el guía al hablar sobre esta obra maestra.

Para presentar un tema (marca 1)	**Para dar información (marca 2)**
❏ empezaré por ❏ en primer lugar ❏ por una parte	❏ como pueden ver ❏ fíjense (que) ❏ recuerden que
Para concluir (marca 1)	**Para resumir (marca 1)**
❏ finalmente ❏ para terminar ❏ por último	❏ en pocas palabras ❏ en resumen ❏ en resumidas cuentas

ACTIVIDAD 7 Un cuadro diferente

Parte A: Unos amigos hablan sobre la siguiente pintura. Escucha la conversación y completa la información.

1. El pintor es
   a. ☐ Pablo Picasso.
   b. ☐ Diego Velázquez.
   c. ☐ Ramiro Arango.
2. Esta obra de arte se llama _____.
3. Esta obra hace una interpretación de un cuadro de Diego Velázquez llamado

   _____.
4. Esta obra usa la naturaleza muerta para _____ de las obras de

   arte de la _____.

Parte B: Escucha la conversación otra vez e indica si es el hombre o la mujer quien tiene cada una de estas ideas. Lee las ideas antes de escuchar la conversación.

	Él	Ella
1. El cuadro de Arango es una burla del cuadro de Velázquez.	☐	☐
2. Muchas personas hoy día no se identifican con cosas del pasado.	☐	☐
3. Se aprende del pasado.	☐	☐
4. Es posible identificarse con un príncipe o una princesa.	☐	☐

Este es el final del programa de laboratorio para el Capítulo 9. Ahora vas a escuchar la entrevista que escuchaste en clase, **"Entrevista a una experta en artesanías"**. Mientras escuchas, puedes mirar el guion de la entrevista que está en el apéndice del manual.

Las relaciones humanas

COMPRENSIÓN ORAL

ACTIVIDAD 1 El crucigrama

Escucha las siguientes definiciones y completa el crucigrama con palabras relacionadas con la sociedad.

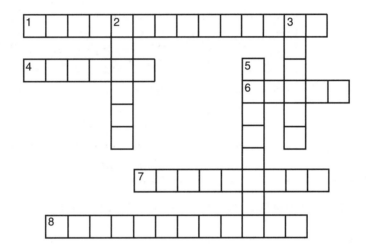

ACTIVIDAD 2 La comunicación

Parte A: Un locutor de radio va a dar consejos para mejorar la comunicación entre padres e hijos. Lee los siguientes consejos y luego escucha para marcar los dos que da el locutor.

1. ☐ contestar las preguntas del hijo con sinceridad
2. ☐ escuchar a su hijo
3. ☐ no burlarse de su hijo
4. ☐ tener en cuenta sus sentimientos
5. ☐ no castigarlo severamente

Parte B: Ahora imagina que eres el locutor del programa y completa los siguientes consejos. Luego marca el único consejo que da el locutor en la Parte A.

1. ☐ En su lugar, yo _____ de aceptar las cosas que dice mi hijo. (tratar)
2. ☐ Yo que Uds., lo _____ severamente. (castigar)
3. ☐ En su lugar, yo _____ de mi hijo para que el viera qué se siente. (burlarse)

Parte A: Un joven llama al programa de radio "Los consejos de Consuelo" para pedir un consejo. Escucha y completa el problema y los consejos que da Consuelo.

Según (*According to*)...	PROBLEMA
el joven	• Su novia _____ todo el dinero que ella tiene y no _____ nada.
Consuelo	• El problema lo tienen los _____. A él le molesta que ella no ahorre y entonces él _____ por los dos.
	CONSEJOS
Consuelo	• Si estuviera en tu lugar, _____ un plan con ella para ahorrar dinero.
	• También le preguntaría a ella cuánto dinero puede _____ cada uno por mes.

Parte B: Ahora marca las dos cosas que Consuelo quiere lograr con los consejos que da.

1. ☐ Consuelo quiere que él no sea el único que se ocupe de solucionar el problema.
2. ☐ Ella busca que la novia sea una participante activa en la solución del problema.
3. ☐ Consuelo quiere que él tenga más dinero para poder comprar los muebles.
4. ☐ Consuelo no quiere que la novia lo manipule.

Parte A: Vas a escuchar a una pareja de novios que se hacen promesas para el futuro. Antes de escuchar la conversación, marca las dos promesas típicas que hace un novio o una novia antes de casarse.

1. ☐ Nunca permitiré que mis abuelos se entrometan en nuestros problemas.
2. ☐ Siempre te seré fiel.
3. ☐ Te amaré para toda la vida.
4. ☐ Jamás miraré un partido de fútbol americano por televisión.

Parte B: Ahora escucha a la pareja y completa la tabla con las tres promesas que hace ella y las tres que hace él.

Promesas matrimoniales	
Ella	**Él**
1. Lo hará feliz. **2.** Le _____ casi todo lo que pida. **3.** Nunca le comprará un _____.	**1.** Estará con ella en las _____ y en las _____. **2.** La _____ siempre que ella lo necesite. **3.** Nunca invitará a los _____ de ella a casa.

ACTIVIDAD 5 Un programa de inglés

Parte A: Vas a escuchar un anuncio comercial sobre un programa de intercambio para ir a estudiar inglés a los Estados Unidos. Marca las cosas que te gustaría hacer si fueras una persona que llegara a estudiar a los Estados Unidos.

		Tú	El anuncio
1.	tener cinco horas de clase al día	☐	☐
2.	vivir con una familia americana	☐	☐
3.	quedarse en un hotel de cuatro estrellas	☐	☐
4.	hablar inglés con americanos	☐	☐
5.	aprender expresiones informales	☐	☐
6.	visitar lugares de interés turístico	☐	☐
7.	recibir un certificado al terminar	☐	☐

Parte B: Ahora escucha el anuncio comercial y marca en la lista de la Parte A las cuatro cosas que ofrece el programa de inglés.

ACTIVIDAD 6 ¿Tener hijos?

Dos amigos están hablando sobre lo que implica tener hijos. Escucha la conversación y marca las ventajas y desventajas que mencionan. Recuerda leer las listas antes de escuchar.

Ventajas	Desventajas
1. ☐ ser una experiencia enriquecedora	**1.** ☐ necesitar mucha paciencia
2. ☐ ver crecer a un ser humano	**2.** ☐ no poder desarrollarse profesionalmente
3. ☐ afianzar (*strengthen*) la pareja	**3.** ☐ ser mucho trabajo
4. ☐ compartir la vida con otro ser humano	**4.** ☐ preocuparse por más problemas
5. ☐ madurar como persona	**5.** ☐ necesitar mucho dinero

La comentarista de un programa de radio habla sobre el Día Internacional de la Mujer. Primero lee la tabla y luego escucha a la comentarista para completarla.

Día Internacional de la Mujer
1. Fecha: _____ de _____
2. Mujeres que trabajan en Latinoamérica y el Caribe: _____ %
3. Motivos del aumento: _____
a. Las mujeres tienen mayor _____ y menor cantidad de _____.
b. La situación _____ es mala.
4. Con el dinero que el gobierno les presta (*lends*), las mujeres crean _____.
5. El sueldo de una mujer es _____ % menor que el del hombre.
6. En Chile hay una ley para evitar la brecha salarial entre _____ y _____.

ESTRATEGIA DE COMPRENSIÓN ORAL: *TAKING NOTES (PART 3)*

In Chapter 9, you practiced listening for transition words, which clue you into knowing when a speaker is introducing, explaining, or summarizing a topic. Other transition words that are helpful to listen for when taking notes are the ones speakers use when comparing or contrasting ideas. In the following activity, you will be given a list of expressions to listen for as you hear two people comparing the roles of men and women in a Hispanic country.

ACTIVIDAD 8 El hombre y la mujer

Parte A: Teresa y Juan discuten el papel del hombre y de la mujer en un país hispanoamericano. Lee la siguiente información y luego escucha la conversación para marcar las opciones apropiadas.

1. Según Teresa, la sociedad espera que las mujeres trabajen
   a. ☐ más que los hombres.
   b. ☐ menos que los hombres.
   c. ☐ tanto como los hombres.
2. Según Teresa, la sociedad trata a las mujeres
   a. ☐ igual que a los hombres.
   b. ☐ diferente que a los hombres.

3. Según ella, la sociedad espera que la mujer (marca 5)

   a. ☐ ayude a los niños con su tarea.

   b. ☐ sea una madre perfecta.

   c. ☐ cuide al marido.

   d. ☐ esté siempre hermosa.

   e. ☐ haga la comida.

   f. ☐ hacerse cargo (*be in charge*) de la casa.

   g. ☐ trabajar fuera de la casa.

Parte B: Escucha la conversación otra vez y marca en la tabla las expresiones que Teresa y Juan usan al hablar sobre el hombre y la mujer en la sociedad. Recuerda que puedes escuchar la conversación todas las veces que necesites.

Para comparar (marca 4)	**Para contrastar** (marca 4)
☐ de la misma manera	☐ por un lado
☐ del mismo modo	☐ en cambio
☐ igual que	☐ más... que
☐ tanto... como...	☐ no obstante
☐ tan... como	☐ a diferencia de

Este es el final del programa de laboratorio para el Capítulo 10. Ahora vas a escuchar las entrevistas que escuchaste en clase, **"¡Que vivan los novios!"**. Mientras escuchas, puedes mirar el guion de las entrevistas que está en el apéndice del manual.

Sociedad y justicia

COMPRENSIÓN ORAL

ACTIVIDAD 1 Noticias

Parte A: Vas a escuchar unas noticias. Para cada caso, indica el delito que se cometió.

_____ asesinato	_____ secuestro	_____ terrorismo
_____ robo	_____ soborno	_____ violación

Parte B: Ahora escucha las noticias otra vez y completa las oraciones.

Noticia No. 1: La policía busca a alguien que _____ dónde está la

_____.

Noticia No. 2: La policía duda que el _____ haya

_____ solo.

Noticia No. 3: La policía buscaba a alguien que _____ visto a los

_____ entrar en la _____.

Noticia No. 4: La justicia espera que los investigadores averigüen quién le dio

_____ al testigo (*witness*).

ACTIVIDAD 2 Un anuncio informativo

Parte A: Vas a escuchar un anuncio informativo sobre el peligro de conducir un carro después de beber alcohol. Antes de escuchar el anuncio, marca las tres consecuencias más graves de beber alcohol bajo la columna que dice "Tú".

		Tú	El anuncio
1.	euforia	☐	☐
2.	sueño	☐	☐
3.	inseguridad	☐	☐
4.	nervios	☐	☐
5.	visión borrosa (*blurry*)	☐	☐
6.	reflejos lentos	☐	☐

Parte B: Ahora escucha el anuncio y marca bajo la columna "El anuncio" de la Parte A las tres consecuencias que escuchas.

La siguiente noticia explica cómo ayuda un gobierno para que la gente deje de fumar. Escucha la noticia y completa la información.

1. productos con descuento: pastillas y _____ de _____

2. porcentaje de cada producto que pagará/n:

    a. los fumadores: el _____ %

    b. el gobierno: el _____ % y para los mayores de 65 años el _____ %

3. lugar donde se obtiene la receta (*prescription*) de descuento: _____ de _____

4. edad mínima para comprar cigarrillos a partir de hoy: _____ años

ACTIVIDAD 4 El mundo del futuro

Parte A: Dos jóvenes están hablando de las cosas que ya habrán ocurrido dentro de cuarenta años. Escucha la conversación y marca las dos situaciones que predice cada uno.

	Él	Ella
1. legalizar las drogas	☐	☐
2. aprobar una ley para poder portar armas	☐	☐
3. no haber más policía	☐	☐
4. haber paz mundial	☐	☐
5. erradicar el hambre	☐	☐

Parte B: Ahora completa las siguientes oraciones sobre otras cosas que ya habrán ocurrido dentro de 40 años.

1. Dentro de 40 años ya _____ una cura para el cáncer. (encontrar)

2. Dentro de 40 años ya _____ vida en otro planeta. (descubrir)

ACTIVIDAD 5 Un programa de radio

Parte A: Consuelo, la locutora de radio, cuenta una situación problemática. Escucha y numera las acciones en el orden en que sucedieron. Recuerda leer las ideas antes de escuchar.

a. _____ Dos niños robaron un lápiz.

b. _____ Los dos niños fueron castigados enfrente de los estudiantes.

c. _____ Los estudiantes salieron a jugar al patio.

d. _____ Los niños fueron a hablar con la directora.

e. _____ Una maestra vio a los dos niños.

Parte B: Ahora lee las siguientes ideas y luego, mientras escuchas la opinión de un señor, marca tres cosas que habría hecho él en el lugar de la directora y tres cosas que habría hecho en el lugar de los padres.

1. **En el lugar de la directora**
   a. ☐ Habría hecho lo mismo.
   b. ☐ No le habría dado importancia al caso.
   c. ☐ Les habría dado más tarea como castigo.
   d. ☐ Habría hablado con los maestros.
   e. ☐ Habría hecho que los niños fueran a la escuela un sábado.
   f. ☐ Habría hablado con los padres.

2. **En el lugar de los padres**
   a. ☐ Habría demandado (*sued*) a la directora.
   b. ☐ Habría castigado al niño.
   c. ☐ Le habría preguntado al niño por qué hizo eso.
   d. ☐ Habría hablado con la directora.
   e. ☐ Habría sacado al niño de la escuela.
   f. ☐ Le habría dicho a la directora que no debe humillar a los niños.

ESTRATEGIA DE COMPRENSIÓN ORAL: *TAKING NOTES (PART 4)*

In Chapter 10, you practiced listening for transition words that clue you into knowing when a speaker is comparing and contrasting. Other transition words that are useful to listen for when taking notes are the ones speakers use when discussing cause and effect. In the following activity, you will be given a list of expressions to listen for as you hear two people discussing the legalization of drugs.

ACTIVIDAD 6 **La legalización de las drogas**

Parte A: Rubén habla con Marisa, una amiga argentina, sobre la legalización de las drogas. Primero lee las ideas y luego escucha la conversación para completar la información.

1. Para Rubén, si se legalizan las drogas, (marca 3)
   a. ☐ se creará una narcodemocracia.
   b. ☐ habrá más adictos.
   c. ☐ habrá más adictos entre los menores de edad.
   d. ☐ habrá más violencia.
   e. ☐ la sociedad será un caos.

(Continúa en la página siguiente.)

2. Para Marisa, si se legalizan las drogas, (marca 2)

    a. ☐ habrá menos adictos.

    b. ☐ esto no afectará el consumo.

    c. ☐ no habrá traficantes que ganen tanto dinero.

    d. ☐ habrá menos violencia.

3. La solución para Rubén es atacar a los _____ y quemar las
_____ para reducir la _____.

Parte B: Escucha la conversación otra vez y marca en la tabla las expresiones que Rubén y
Marisa usan al hablar sobre la legalización de las drogas.

Causa y efecto (marca 4)	
☐ a causa de que	☐ por eso
☐ así que	☐ por lo tanto
☐ provocar	☐ el resultado
☐ como consecuencia	☐ traer como resultado

Este es el final del programa de laboratorio para el Capítulo 11. Ahora vas a escuchar la
entrevista que escuchaste en clase, **"¿Coca o cocaína?"**. Mientras escuchas, puedes mirar el
guion de la entrevista que está en el apéndice del manual.

La comunidad latina en los Estados Unidos

COMPRENSIÓN ORAL

ACTIVIDAD **1** **Una entrevista de radio**

Parte A: Vas a escuchar una entrevista de una emisora de radio de Los Ángeles con un asistente social. Mientras escuchas la entrevista, indica si las siguientes oraciones son ciertas (C) o falsas (F).

1. _____ Las familias hispanas no castigan físicamente a sus hijos.
2. _____ La ley de Los Ángeles protege a los niños.
3. _____ Para los hispanos, la crianza de los niños es asunto del gobierno.
4. _____ Si uno quebranta (*break*) la ley, puede perder a los hijos.

Parte B: Ahora imagina que eres un o una asistente social y completa estas sugerencias para padres de familia sobre cómo comportarse con un hijo.

1. Les sugiero que le _____ al niño que si continúa haciendo algo que está mal, va a recibir un castigo. (decir)
2. Les aconsejo que no _____ la calma delante de su hijo cuando él o ella hace algo inapropiado. (perder)

ACTIVIDAD **2** **Comentario de una película**

Parte A: Mientras escuchas el comentario de la película *My family / Mi familia,* coloca la letra de la acción al lado de la persona a quien se refiere. Recuerda leer las opciones antes de escuchar.

1. _____ José Sánchez
2. _____ Chucho Sánchez
3. _____ Jimmy Sánchez

a. Se casó con una mujer para que no fuera deportada.
b. Narra la película.
c. Llega de México en los años 20.
d. Sufre una serie de episodios trágicos.

Parte B: Ahora escucha el comentario de la película otra vez para completar estas oraciones.

1. La película narra la historia de una familia de origen _____ a través de _____ generaciones.
2. La historia tiene lugar en _____. (ciudad)
3. El director Gregory Nava también filmó las películas *El Norte* y _____.

Vas a escuchar un anuncio comercial sobre entrevistas que se harán la semana próxima a tres hispanas famosas en los Estados Unidos: Ileana Ros-Lehtinen, Rosario Dawson y Linda Martín-Alcoff. Antes de escuchar, lee la información y luego escucha el anuncio para marcar la nacionalidad y lo que hizo o hace cada mujer.

	Ros-Lehtinen	Dawson	Martín-Alcoff
1. Es norteamericana de ascendencia puertorriqueña.	❏	❏	❏
2. Es cubana.	❏	❏	❏
3. Es norteamericana de ascendencia panameña.	❏	❏	❏
4. Es fundadora de "Voto Latino".	❏	❏	❏
5. Es profesora de filosofía y estudios de la mujer.	❏	❏	❏
6. Ha publicado varios libros.	❏	❏	❏
7. Es defensora de los derechos humanos.	❏	❏	❏
8. Ha actuado en películas con Will Smith.	❏	❏	❏
9. Fue la primera congresista hispana en los Estados Unidos.	❏	❏	❏

ACTIVIDAD **4** La educación bilingüe

Parte A: Una pareja habla sobre la educación bilingüe en los Estados Unidos. Antes de escuchar, lee las ideas y luego escucha la conversación para marcar o completar la información apropiada.

1. Hoy día los hijos de los inmigrantes alemanes e italianos... (marca una)
    a. ❏ no les prestan atención a sus raíces.
    b. ❏ visitan a parientes en Alemania e Italia.
    c. ❏ hablan alemán e italiano con sus parientes.
    d. ❏ estudian alemán e italiano en la universidad.
2. A los Estados Unidos les conviene tener personas bilingües para... (marca una)
    a. ❏ gastar menos dinero en traductores.
    b. ❏ comerciar (*do business*) con el mundo.
    c. ❏ que haya una gran variedad de culturas.
    d. ❏ que la gente de diferentes culturas se entienda entre sí.
3. Las personas que hablan inglés en casa lo estudian _____ años en la escuela.

Parte B: Ahora lee las siguientes ideas sobre la enseñanza a niños que no hablan inglés al empezar la escuela primaria. Luego marca la idea con la que estás de acuerdo.

1. ☐ Hay que enseñarles en la escuela solamente inglés. Pueden aprender su propio idioma en casa.

2. ☐ Hay que enseñarles en la escuela inglés y, mientras lo aprenden, se les debe enseñar matemáticas, historia, etc., en su propio idioma.

3. ☐ Hay que enseñarles en la escuela tanto inglés como su propio idioma.

Este es el final del programa de laboratorio para el Capítulo 12. Ahora vas a escuchar el poema que escuchaste en clase. Mientras escuchas, puedes mirar el guion que está en el apéndice del manual.

Scripts of Textbook Listening Selections

Capítulo 1: Una cuestión de identidad

Pedro	Discúlpame, Silvia. Te quería hacer una pregunta.
Silvia	Sí, dime.
Pedro	**Hace una hora que estoy** con esta solicitud para entrar a una universidad de California y **me llama la atención** la cantidad de categorías que hay: *Chicano/ Mexican American, Latino, Latin American, Puerto Rican, Other Hispanic...* **Son unos pesados.** Esto es una ensalada de palabras. ¿Quién es qué? Dime, ¿quién es el "Mexican American"?
Silvia	Bueno, el mexicoamericano es el ciudadano de los Estados Unidos que es descendiente de mexicanos, es decir, que sus padres o abuelos o bisabuelos eran mexicanos, y que se identifica con la cultura mexicana.
Pedro	¡Ah! O sea, que el mexicoamericano es ciudadano de los Estados Unidos, pero habla español.
Silvia	Algunos hablan solo inglés y otros hablan inglés y español.
Pedro	Y el chicano, ¿quién es el chicano?
Silvia	Bueno, *chicano* es una palabra que usan algunos mexicoamericanos para referirse a sí mismos, es decir, a gente de ascendencia mexicana, pero creo, creo que la palabra tiene una connotación política.
Pedro	Política, ¿eh? Pues, entonces yo, ¿qué marco en esta solicitud?
Silvia	Marca "Latin American".
Pedro	Sí, ya sé que soy latinoamericano porque soy de Latinoamérica, pero latinoamericano también incluye a los brasileños porque ellos hablan portugués y el portugués es una lengua latina. Pues, yo quisiera poner *chileno*, pero marco "Latin American" y listo.
Silvia	Y ¿sabes? Ya vas a aprender más cuando estés allí. Vas a ver que en la universidad no solo asistes a clase; también participas en otras actividades como jugar al fútbol, cantar en el coro.
Pedro	¿Qué dices? ¿Cantar?
Silvia	Sí, allí no es como aquí que cuando sales de clase tomas el autobús y te vas a tu casa.
Pedro	O te vas a un bar a tomar algo con tus amigos... o adonde sea...
Silvia	Exacto. Pero en cambio en los Estados Unidos, como todas las facultades están juntas en la ciudad universitaria, o el "campus", como se dice allí, hay muchas cosas para hacer. Es muy divertido porque generalmente te quedas en el "campus".
Pedro	El "campus", ¿eh? No veo la hora de estar allí. Me parece que lo voy a pasar muy bien.

Capítulo 2: Un anuncio histórico

Radio	Enrique Igles...
Hombre	No, por favor. **Estoy harto de escucharlo.**
Mujer	Ponlo en el noventa y ocho. Siempre ponen música buena.
Anuncio	En el año 711 los musulmanes, o moros, como los llamaban aquí en España, invadieron la península Ibérica para llevar la palabra del Corán. 711, **año clave** en la historia de España.
	Entre 1252 y 1284, con el rey Alfonso X, o Alfonso el Sabio, cristianos, moros y judíos pudieron explorar juntos la filosofía y las ciencias. 1252 a 1284, años clave.

En 1492 los Reyes Católicos, Fernando e Isabel, vencieron a los moros en España y Cristóbal Colón llegó a América y empezó entonces la colonización de ese continente. 1492, año clave.

1898 España perdió sus últimas colonias: Cuba, Puerto Rico, Guam y las Islas Filipinas. 1898, año clave.

1936 La Guerra Civil española empezó y duró tres años. 1936, año clave.

1975 Después de casi 40 años de dictadura, Francisco Franco murió y empezó la transición a un gobierno democrático. 1975, año clave.

Compren la serie de libros *Años clave en la historia de España.* El primer libro estará a la venta en todos los quioscos **el próximo lunes.** Una colección esencial para su biblioteca. El primer libro *De Altamira hasta los romanos,* **el lunes,** en su quiosco y todos **los lunes,** un nuevo libro de la serie *Años clave en la historia de España.*

Presentador ¡Ahora, lo que vosotros queréis, lo que vosotros esperáis, vosotros sabéis quiénes son...!

Capítulo 3: La leyenda del maíz

Bueno, hoy les voy a contar una historia, una leyenda, que es la leyenda del maíz. Es una leyenda tolteca. Los toltecas vivían en lo que hoy día es México. Bueno, **había una vez** en el cielo dos dioses, el Dios Sol y la Diosa Tierra, que tenían muchos hijos. Un día, uno de los hijos, que se llamaba Quetzalcóatl, les dijo a sus padres que quería ir a vivir a la Tierra y sus padres le dijeron que sí. Así que, con el permiso de sus padres, Quetzalcóatl bajó a vivir a la Tierra con los toltecas.

Los toltecas eran muy, muy pobres y, entonces, todas las noches Quetzalcóatl iba a una montaña y les pedía ayuda a sus padres, el Dios Sol y la Diosa Tierra. Y sus padres le enseñaron a obtener el oro, la plata, la esmeralda y el coral. Y con todo esto Quetzalcóatl construyó cuatro casas de coral con oro, plata y esmeraldas. Y entonces los toltecas ahora eran ricos, pero para Quetzalcóatl esto no era suficiente porque él quería algo más, algo útil para los toltecas; él quería darles algo para su futuro.

Una noche, Quetzalcóatl fue a la montaña a pedirles inspiración a sus padres, los dioses. Pero se quedó dormido y comenzó a soñar. Y en el sueño vio una montaña cubierta de muchas flores y, de repente, vio hormigas, muchas hormigas y pronto vio un hormiguero. En ese hormiguero entraban y salían muchas hormigas que llevaban algo, pero Quetzalcóatl no podía ver qué era.

Y ahí Quetzalcóatl se despertó y misteriosamente empezó a caminar hasta que llegó a una montaña preciosa cubierta de flores y allí **¿a que no saben** lo que vio? Sí, vio el mismo hormiguero que había visto en su sueño. No lo podía creer.

Y entonces como él era tan grande y la entrada del hormiguero era tan pequeña, les pidió a los dioses que lo convirtieran en hormiga para poder entrar en el hormiguero. Los dioses lo escucharon y lo convirtieron en hormiga y así Quetzalcóatl pudo entrar en el hormiguero y allí encontró el tesoro de las hormigas. ¿Cuál era el tesoro? ¿Qué era esta cosa tan valiosa? Eran cuatro granitos blancos. Quetzalcóatl tomó los cuatro granitos blancos y volvió a su pueblo pero no se los mostró a nadie. Los escondió muy, muy bien. ¿Dónde los puso para esconderlos? Los puso en la tierra.

   No saben la sorpresa que se llevó una mañana **cuando** salió de su casa y vio unas plantas doradas, divinas, con hojas grandes y en el centro un fruto delicioso. Los dioses le habían dado algo más importante que el oro, la plata, el coral y la esmeralda. Le habían dado una planta. Sí, una planta: el maíz. Un cereal divino para la vida de los toltecas. Y colorín, colorado esta leyenda ha terminado.*

Capítulo 4: Entrevista a un artista cubano

Entrevistadora	Bueno, Alex, primero quería preguntarte sobre el origen de tu familia.
Alex	Pues como muchos cubanos, mi familia es de origen africano y de origen español. **Por parte de mi madre,** soy de origen español y soy africano por el lado de mi padre.
Entrevistadora	¿Y qué sabes de tu familia que llegó a Cuba?
Alex	Pues, que el padre de mi abuela, es decir que mi bisabuelo era español, pero **por parte de mi padre** se remonta más atrás en la historia. No sé mucho, pero es algo que me gustaría investigar ya que existen archivos muy buenos en Trinidad sobre los esclavos que llegaron y sé que mis antepasados llegaron primero a Trinidad y luego fueron a Cuba.
Entrevistadora	Ojalá que encuentres información; pero dime, si piensas en la influencia africana que ves a tu alrededor en Cuba, ¿qué influencias africanas podrías identificar?
Alex	Bueno, obviamente se ve mucho en la música. Mira, uno de los instrumentos que sigue siendo popular hoy día es un tambor que se llama batá. La influencia africana también está en el baile y en la comida, pero en la comida hoy día está muy camuflada con la influencia española.
Entrevistadora	¿Camuflada?
Alex	Sí, yo no te sé decir, por ejemplo, qué comida es típicamente africana porque ya está todo mezclado con lo español.
Entrevistadora	Y **a pesar de que** está todo mezclado, en tu opinión, ¿existe la discriminación en la sociedad cubana?
Alex	Pues, sí y no. El racismo en Cuba se ha convertido en algo que es tan parte de la vida normal que a veces la gente no se da cuenta, pero existe.
Entrevistadora	Ah, sí, pues, ¿me podrías dar un ejemplo?
Alex	Pues, por ejemplo, yo que soy de piel oscura, a veces estoy hablando con un cubano y si tenemos una conversación muy intelectual, esa persona a veces me dice "Pero, chico, tú no eres negro, eres blanco" como diciendo si eres inteligente, no puedes ser negro.
Entrevistadora	¿De veras?
Alex	Sí, y la gente lo dice sin darse cuenta de lo que dice.
Entrevistadora	Y en cuanto al tema de las parejas, ¿se mezclan?
Alex	Sí, sí. Tú sabes que **a la hora de** formar pareja no se piensa en el color. Reconocemos que al final tú eres cubano y yo también, y somos todos iguales. Los matrimonios entre negros y blancos son muy comunes.

---

*Legend based on Otilia Meza, "La leyenda del maíz," *Leyendas del antiguo México: Mitología prehispánica* (México, D.F.: Edamex, 1985).

Entrevistadora	Es decir que con el tiempo es posible que desaparezca esa discriminación.
Alex	Sí, pero mira, yo te puedo seguir contando por horas y horas, pero para entender mejor la situación, te recomiendo que visites Cuba. Y es una buena idea que te quedes en una casa de familia para poder entender mejor cómo somos los cubanos. Es que las familias cubanas...

Capítulo 5: En esta mesa se habla español

Mujer	Sabes que me encanta este restaurante cubano, es que siempre...
Mesero	Aquí está su comida. A ver, ¿quién pidió moros y cristianos?
Hombre	¿Los moros y cristianos? ... Ah, son para mi esposa.
Mesero	Bien. Y la ropa vieja, ¿para quién es?
Hombre	La ropa vieja para mí.
Niño	The chicken with fried plantains is for me.
Hombre	No, niño. En español, vamos, habla español.
Niño	But, papi...
Hombre	Nada de peros. Es importante que seas bilingüe y si no hablas español...
Niño	Bueno, bueno. Mesero, el pollo con plátano frito es para mí.
Mujer	Chévere.
Mesero	Buen provecho.
Hombre/Mujer	Gracias.
Hombre	Hmmmm, me encanta la comida cubana. ¡Qué sabrosa!
Niño	Mami, mira a ese señor bailando el chachachá.
Mujer	Pero ese señor no baila, ese mata cucarachas.
Hombre	Tu abuelo sí que sabía bailar el chachachá... era el mejor que había.
Mujer	Oye, Miguelito, quiero que te comas todo el plátano que tienes en el plato. ¿Me entiendes?
Niño	¿Comérmelo todo? Pero papi, no tengo mucha hambre.
Mujer	Déjame probar un poquito. Hmmmm, ¡este plátano está delicioso!
Hombre	Mira, niño, cómetelo todo.
Niño	Bueno, está bien.
Mujer	Y, por favor, put both hands on the table.
Niño	That's English! ¡Papá, mamá está hablando en inglés! ¿Por qué ella sí y yo no?
Mujer	Lo siento, niño. Es verdad, pon las dos manos en la mesa.
Hombre	¿Y saben dónde se encontraron los primeros plátanos?
Mujer	En Cuba, por supuesto.
Hombre	No, en Cuba no. El plátano se originó en Asia. **¿Acaso no sabías?**
Mujer	¡En Asia! ¡Por favor! Miguelito, las dos manos en la mesa, ¿eh?
Hombre	Pero es la verdad. Te lo digo en serio. Los primeros plátanos se encontraron en Asia y luego se plantaron en las islas Canarias, que forman parte de España hoy día.
Mujer	¿En las islas Canarias? ¿Y qué? ¿Entonces los españoles los llevaron de las Canarias al Caribe?
Hombre	Así es. Ellos los llevaron al Caribe en 1516.
Mujer	Pero qué interesante. No tenía idea.

Niño	Papi, **no tengo ganas de comer** más plátano.
Hombre	Te digo que te comas todo el plátano.
Niño	Bueno, me como uno más si tú dejas de **dar cátedra**. Mi plátano no viene ni de Asia ni de las islas Canarias. Este viene de la cocina **y punto**.

Capítulo 6: Nadie está inmune

Marcos	¿Leíste que Sting va a dar un concierto en favor de los derechos humanos?
Antonia	No me digas. Me parece muy bien. Hace muchos años mi tío fue a un concierto que dio Sting en Mendoza en honor de las madres de **los desaparecidos.**
Marcos	¿Sting estuvo en Mendoza?
Antonia	Sí, en 1988 durante la dictadura de Pinochet, por la censura le fue imposible tocar en Chile la canción *Ellas danzan solas*, y entonces se fue a Mendoza a tocarla y lo interesante fue que 15.000 chilenos cruzaron la frontera para ir a escucharlo. Mi tío, que estuvo allí, me contó que Sting bailó con las madres en el escenario.
Marcos	Sabía que Sting había escrito para las madres de los desaparecidos la canción *Ellas danzan solas*, pero no sabía que había estado en Mendoza.
Antonia	¡Cómo han cambiado las cosas! **Quién diría** que un día aparecería alguien como el español ese... ¿cómo se llama? Ah, sí, sí, Garzón... aparecería Garzón y entonces Pinochet y otras personas como él sufrirían las consecuencias de sus actos.
Marcos	Todavía no lo puedo creer. Me alegra que Pinochet, que fue responsable de la tortura y desaparición de miles de personas, y que personas como él, no sean inmunes a la justicia internacional. Pero, ¿cómo es la historia con Pinochet y el juez Garzón? Recuerdo que Pinochet estaba en Inglaterra...
Antonia	Pues, sí, Pinochet ya no era dictador de Chile y estaba de visita en Inglaterra cuando el juez Garzón le pidió a Inglaterra su extradición a España. Pinochet decía que tenía inmunidad diplomática, pero ese juez español Garzón demostró que no era así.
Marcos	Sí, pero al final no lo mandaron a España para juzgarlo sino que lo dejaron volver a Chile por problemas de salud, ¿no?
Antonia	Así es, por estar enfermo lo mandaron a Chile, pero creo que la lección más importante del episodio es que ahora ningún gobernante va a pensar que puede hacer algo tan terrible como lo que ocurrió en nuestro país y **salirse con la suya** porque tarde o temprano le llegará su castigo.
Marcos	Pero, lo que no recuerdo es cómo es posible que un juez español pueda juzgar a un chileno en otro país.
Antonia	Bueno, es que el gobierno chileno no escuchó los reclamos de los familiares de los desaparecidos y, como algunos desaparecidos eran de ascendencia española, fueron a hacer el reclamo al gobierno español.
Marcos	Ah sí, ahora recuerdo, si las víctimas son de ascendencia española, los criminales pueden ser juzgados en territorio español, ¿verdad?
Antonia	Así es. Te digo que no es justo que llegue un gobernante y crea que puede hacer lo que quiere —matar a gente que no está de acuerdo con él— y que luego no se haga responsable de sus actos. Y los chilenos no somos los únicos. Esto ha pasado en otros países también... y no solo de Latinoamérica.

Marcos	Sí, sí, ya sé. Pero no hay duda que, después de muchos años, la situación política de los países latinoamericanos está ahora mucho más estable.

Capítulo 7: Unas vacaciones diferentes

Pablo	¿Y adónde vas a ir de vacaciones este verano?
María José	Mm... ¿Sabes que no sé? La verdad es que no tengo ni idea qué quiero hacer este verano.
Pablo	Pues, mujer, es lógico que no tengas idea. Has estado en tantos lugares que ya no te queda nada por conocer.
María José	Bueno, no exageres. Es verdad que conozco un montón de sitios, pero todavía me queda mucho, mucho por conocer. Pero mm... quiero que... estas vacaciones sean, no sé, diferentes.
Pablo	¿Diferentes? ¿Diferentes en qué sentido?
María José	Mm... no sé. Diferentes. Necesito ir a un lugar que sea tranquilo, donde no tenga que visitar catedrales, ni museos ni ruinas.
Pablo	O sea, quieres unas vacaciones tranquilas, tranquilas. Y bueno. Entonces vete a un lugar que tenga playa.
María José	¿A la playa? No, no quiero ir a la playa. El verano pasado estuve en Huatulco en México, que es un lugar con playa, pero este verano busco un lugar donde haya más actividad, ¿me entiendes?
Pablo	Más actividad, ¿eh? Pero no quieres visitar catedrales o museos.
María José	No, esta vez no. ¡No quiero visitar ninguna catedral!
Pablo	¡Ah! ¿Sabes qué? **¡Ya sé!** Un amigo mío acaba de regresar de unas vacaciones en Ecuador.
María José	¿Ecuador? Mm... cuéntame, me interesa.
Pablo	Bueno, resulta que hay una comunidad de... una comunidad de indígenas quichuas en un pueblito llamado Capirona.
María José	Y, ¿qué voy a hacer yo en una comunidad de indígenas quichuas?
Pablo	Bueno. Pues, mira. Espera que te cuente. Parece que los quichuas organizan un programa de ecoturismo en su pueblo.
María José	¿En serio? ¿Ecoturismo? ¿Y sabes en qué consiste el programa?
Pablo	Creo que... creo que ellos organizan caminatas por la selva; y me parece que hacen demostraciones de cómo hacen sus canastos... y también se puede participar en una eh... en una minga.
María José	¿Minga? ¿Qué es una minga?
Pablo	No estoy seguro, pero creo que en una minga los visitantes y la gente del lugar trabajan en algún proyecto comunitario o **algo así.**
María José	¿Como por ejemplo?
Pablo	No sé. En realidad no me acuerdo. Pero, ¡ojo! El viaje no es fácil, ¿eh?... Solamente se puede llegar al pueblo en canoa o con una caminata de dos horas.
María José	¡Uf! ¡Qué ejercicio! Me tengo que poner en forma. Pero me parece interesantísimo. Ay, quisiera hablar con tu amigo.
Pablo	Bueno, ¿sabes qué? Si quieres lo llamo y podemos salir a cenar juntos. ¿Te parece bien?
María José	Ay, claro. **Desde luego.** Tengo miles de preguntas para hacerle.

Capítulo 8: Un trabajo en el extranjero

Entrevistadora	Hoy voy a entrevistar a dos jóvenes norteamericanos que han trabajado en el exterior para que nos cuenten cómo consiguieron el trabajo. Primero tenemos a Jenny Jacobsen, que estuvo enseñando inglés en España. ¿No es así, Jenny?
Jenny	Así es.
Entrevistadora	Cuéntanos cómo hiciste para conseguir ese trabajo.
Jenny	Bueno, yo tenía una maestría en enseñanza de español...
Entrevistadora	Ah...
Jenny	Y... mmmm... mandé mi curriculum a una escuela privada de inglés en Madrid. Tenía algunos amigos americanos en España que trabajaban allí y me habían dado la dirección del lugar.
Entrevistadora	Ah...
Jenny	Entonces, en enero me mandaron una solicitud; la llené y la devolví.
Entrevistadora	¿Y tardaron mucho en contestarte?
Jenny	No mucho. Creo que alrededor de mediados de marzo, ellos me entrevistaron en el congreso de TESOL que ese año fue en Chicago.
Entrevistadora	¿Qué es el congreso de TESOL?
Jenny	TESOL significa "Teachers of English to Speakers of Other Languages", o "profesores de inglés a hablantes de otros idiomas". Y es un congreso internacional que se hace o en los Estados Unidos o en Canadá y va gente de todo el mundo para asistir al congreso y entrevistar a candidatos para profesores de inglés.
Entrevistadora	Pero, ¡qué interesante! Sigue, por favor.
Jenny	Bueno, me fue muy bien en la entrevista. Entonces a las dos semanas me ofrecieron el puesto e inmediatamente me mandaron los papeles para sacar la visa.
Entrevistadora	Y, ¿es difícil sacar visa para trabajar en España?
Jenny	No es fácil y se necesita tiempo. Luego me fui a Madrid en septiembre y en esa escuela me dieron un entrenamiento de dos semanas para aprender a enseñar inglés.
Entrevistadora	Claro. Porque tú sabías enseñar español, pero nunca habías enseñado inglés, ¿verdad?
Jenny	Correcto. Que uno hable inglés no quiere decir que uno sepa enseñarlo.
Entrevistadora	Es verdad.
Jenny	Bueno. La experiencia fue realmente interesante. Al estar dando clases de inglés, conocí a mucha gente, me divertí **un montón** y también pude practicar mi español.
Entrevistadora	Ya lo veo. Pero dime, ¿y el sueldo? ¿Te alcanzaba para vivir?
Jenny	Sí. Compartía un apartamento con una muchacha de Salamanca y el dinero me alcanzaba lo más bien. Nunca tuve problemas. Pero mucha gente también da clases particulares.
Entrevistadora	Y dime. ¿Hay muchos norteamericanos enseñando inglés en España?
Jenny	¡Uf! Sí, hay cantidades.
Entrevistadora	Bueno, Jenny. Muchas gracias por haber compartido esta información con nosotros.

Jenny	No. Por nada.
Entrevistadora	Y ahora estamos con nuestro segundo invitado de hoy, Jeff Stahley. Buenas tardes, Jeff.
Jeff	Buenas tardes.
Entrevistadora	Tú también enseñaste inglés, ¿verdad?
Jeff	Así es, pero no en Madrid como Jenny, sino en Medellín.
Entrevistadora	¡Medellín, Colombia! ¿No era peligroso?
Jeff	**No, en absoluto.** En realidad hoy día ya no hay problemas en Medellín. Es una ciudad muy segura.
Entrevistadora	¿Y cómo hiciste para conseguir el trabajo en Colombia?
Jeff	Bueno, pues yo me fui con visa de turista y una vez que estaba allí, la universidad me dio trabajo para enseñar inglés.
Entrevistadora	¿Y cómo te dieron trabajo?
Jeff	Bueno, la universidad quería contratarme y para poder enseñar, yo tenía que ser estudiante. Entonces tomé unos cursitos y así pude enseñar inglés. En vez de pagarme sueldo me dieron una beca. A mí **me daba igual** con tal de recibir dinero. También di clases particulares de inglés.
Entrevistadora	¿Y cómo conseguiste los estudiantes para las clases particulares?
Jeff	Bueno, hay mucha gente que quiere aprender inglés con norteamericanos y enseguida comencé a tener un montón de clientes.
Entrevistadora	¿Y te pagaban bien?
Jeff	¡Uf! No solo me pagaban bien, sino que como Jenny, conocí a mucha gente que me invitaba a su casa y salíamos juntos, hacíamos muchos programas juntos. En fin, realmente no era turista. Me sentía como en mi casa.
Entrevistadora	Y para finalizar. Dime, ¿qué consejos puedes darle a un norteamericano que quiera ir a enseñar inglés?
Jeff	Pues... que tome algún curso corto para aprender a enseñar inglés antes de ir a otro país. Así puede tener muchas más posibilidades de trabajo.
Entrevistadora	Bien. Muchas gracias, Jeff, por charlar conmigo.
Jeff	Fue un placer. Gracias.

Capítulo 9: Entrevista a una experta en artesanías

Locutor	Bueno y hoy tenemos una invitada muy especial, María Gómez, oriunda de Ecuador. La Sra. Gómez nos va a hablar de un arte cuya perfección es admirada en todo el mundo: el famoso sombrero panamá. Sra. Gómez, buenos días y bienvenida a nuestro programa.
Sra. Gómez	Muchas gracias a Ud. por invitarme.
Locutor	Pues, cuéntenos un poco sobre los sombreros panamá.
Sra. Gómez	Bueno. Pues... primero, yo quería explicar que estos sombreros tan famosos se hacen en Ecuador y no en Panamá como cree mucha gente.
Locutor	Y entonces, ¿por qué se conocen como sombreros panamá si se hacen en Ecuador?
Sra. Gómez	¡Ja! Ocurre que desde hace tiempo los fabricaban en Ecuador, pero... pero los mandaban al resto del mundo desde Panamá y por eso comenzaron a

llamarlos sombreros panamá. Los usaban personas como... como Teddy Roosevelt y el rey Eduardo VII de Inglaterra y por eso, con el tiempo, se pusieron muy de moda. Pero... recuerde Ud. que los mejores son los llamados Montecristi Finos, que están hechos en Montecristi, Ecuador, donde yo vivo, y no en Panamá.

Locutor ¡Pero qué curioso! Yo pensaba que eran de Panamá.

Sra. Gómez No, no, no. Los mejores son de mi pueblo, de Montecristi, Ecuador.

Locutor Bueno y, ¿por qué son tan particulares estos sombreros?

Sra. Gómez Pues porque los artesanos los hacen a mano con muchísimo cuidado. Usan paja para su fabricación, por supuesto, y... claro, solo trabajan de noche.

Locutor ¡¿Trabajan de noche?! **¿A qué se debe eso?**

Sra. Gómez Pues por la noche hace más fresco y de día, cuando hace calor, la transpiración del artesano puede echar a perder la paja porque... deja manchas.

Locutor Y, ¿cuánto tardan en hacer uno de estos sombreros?

Sra. Gómez Los buenos **les llevan más o menos... más o menos dos meses,** pero un sombrero verdaderamente fino lleva ocho meses.

Locutor ¿Ocho meses? Pero, ¡qué barbaridad!

Sra. Gómez Sí, pues el trabajo hay que hacerlo con muchísimo cuidado y solo quedan muy pocas personas que saben hacer buenos sombreros y todas son muy mayores. Debe haber... más o menos unas veinte personas. Así que dentro de muy pocos años, cuando estas personas ya no estén, no sé quién va a hacer los sombreros.

Locutor Entonces, probablemente este arte tan maravilloso desaparezca, ¿no?

Sra. Gómez Así es. Había una artesana que... que quería que su hija y su nieta aprendieran y pues... pues trató de enseñarles una vez, pero mmm... a ellas no les interesó y a ella **se le fueron las ganas de enseñarles.** Ud. ya sabe cómo son los jóvenes.

Locutor Sí, entiendo. Y... dígame una cosa, ¿cuánto cuesta un sombrero panamá?

Sra. Gómez Pues, depende. Yo sé que los distribuyen en algunas tiendas de Nueva York y Hawai y allí un sombrero bueno cuesta entre $350 y $750 dólares.

Locutor ¡Dios mío! No son baratos, ¿eh? ¿Y los mejores cuánto cuestan?

Sra. Gómez Los mejores se venden en unos diez mil dólares.

Locutor ¡Diez mil dólares! Pero, ¡qué **dineral**!

Sra. Gómez Sí, pero hay gente que aprecia la calidad del sombrero... que tiene el dinero y que paga... que paga ese precio. Por supuesto que los artesanos no ganan ni la mitad de eso. Pues Ud. sabe, hay muchos intermediarios; eh... el sombrero pasa por muchas manos hasta que llega al cliente y... y todos quieren sacar provecho del negocio.

Locutor Pero, de todas maneras, ¡es increíble!

Sra. Gómez Así es. ¡Es increíble!

Locutor Bueno, Sra. Gómez, se nos acabó el tiempo. Muchas gracias por venir a nuestro programa y compartir con nosotros esta información tan interesante.

Sra. Gómez De nada.

Capítulo 10: ¡Que vivan los novios!

Locutora   Queridos radioescuchas. Uds. han sintonizado KPGK, Radio Dallas. Aquí les habla Dolores Alonso y bienvenidos a mi programa *Charlando con Dolores*. ¿Cómo están hoy? Quería comentarles que... que la semana pasada no estuve con Uds. porque fui a la boda del hijo de unos amigos. Y mientras estaba en la ceremonia, comencé a pensar en... en lo diferentes que son las bodas y las fiestas en otros países. ¿No creen? Pues... ese será el tema de hoy y... quisiera pedirles que nos llamen para contarnos cuáles son las tradiciones típicas de una boda en su país, señor, en su país, señora. ¿Qué les parece? Entonces, estamos a la espera de su llamada. Llámenos al 800-443-33-32. Sí, al 800-443-33-32. Aquí vamos con la primera llamada. Adelante por favor, díganos su nombre.

Susana   Sí, me llamo Susana y soy de Paraguay. Voy a casarme dentro de seis meses.

Locutora   Felicitaciones, Susana.

Susana   Gracias, y en mi boda habrá un pastel, por supuesto, y este pastel tendrá muchas cintas.

Locutora   ¿Cintas en el pastel?

Susana   Sí, tendrá como... como veinte cintas, más o menos. Las cintas tienen un dije cada una, o sea un adorno eh... una figurita dorada que puede ser un elefante... una casa... una moneda.

Locutora   ¿Es decir que el dije está dentro del pastel y solo se ve la cinta?

Susana   Así es. Entonces, todas las mujeres solteras... solo las solteras, tomarán una cinta y estarán todas alrededor del pastel y cuando, y cuando yo diga ¡Ya! todas tirarán de la cinta y una de las cintas tendrá un anillo de boda... falso, de juguete, por supuesto. Y la que se saque el anillo es la que se casará el año que viene.

Locutora   O sea, la persona que tiene la cinta con el anillo es la que se va a casar el año próximo.

Susana   Sí.

Locutora   Curioso. Es como coger el ramo de flores en este país. Pero, ¡qué bonita tradición! **¿No les parece?** ¿Y te vas a casar en los Estados Unidos?

Susana   No, no, me voy a Asunción. Y primero está el casamiento por lo civil y dos días más tarde la... la ceremonia en la iglesia. Y luego a la fiesta.

Locutora   Bueno... bien, Susana. Mucha suerte en tu boda. Y ahora, a otra llamada. Adelante, por favor.

Agustín   Sí, me llamo Agustín y soy de México. Quería decirle que... que soy de un pueblo muy pequeño donde... donde hay gente que no tiene mucho dinero para gastar en una boda como la gente que vive en las ciudades que... que tiene dinero para todo. Las bodas son acontecimientos, son acontecimientos... ¿cómo le podría decir?... Son... son muy importantes en mi pueblo y para nosotros **mientras más vengan** a la boda, **mejor.** Invitamos a mucha, mucha gente, no solo a nuestros **amigos íntimos,** ¿ve? Invitamos a amigos... primos... vecinos... Y algunas... algunas personas llevan la comida, otros llevan la bebida, otros llevan las mesas, otros las sillas...

Locutora   Es decir que para muchos ese día es muy especial.

Agustín   Sí, sí, muchos colaboran y hay mucha abundancia de comida y de bebida. Ayudándonos unos a otros no nos falta nada en absoluto.

Locutora   Este espíritu de comunidad es admirable. Gracias por su llamada. Y ahora, estimados radioescuchas, nos vamos a una pausa. Regresamos enseguida.

Capítulo 11: ¿Coca o cocaína?

Entrevistador	Como boliviano, ¿nos podría explicar la diferencia entre la coca y la cocaína?
Boliviano	Bueno la coca es una... es una hierba, una planta, como es una planta el café, como es una planta el té. La cocaína es la droga que a través de un proceso, a través de un proceso químico se extrae, se saca de la coca. La cocaína es como la cafeína es al café o cualquier droga que se saca de un elemento natural, de una cosa natural. Ehhh... La diferencia es grande, es decir, la coca es una hoja verde que la mastican muchos habitantes de los países andinos, es decir Perú, Ecuador, Bolivia... mastican la coca como ehhh... en Estados Unidos hay gente que mastica tabaco, y es como tomar un café fuerte. Más o menos. Por otro lado, está la cocaína, que es un derivado químico de la coca. Que... bueno... Esta es la parte ilegal. Es decir, por un lado hay que distinguir el uso tradicional, legal y correcto de la coca y por el otro el uso ilegal de la cocaína, que es un derivado de la coca. Eh... la coca como, como hierba, como planta o como el café o el té, como cualquier otro tipo de planta parecida, es consumida en los países andinos sin ningún tipo de restricción legal. Uno puede ir a un mercado y comprarse medio kilo de coca, por ejemplo, y consumirla. El consumo, en general está concentrado en las clases trabajadoras, que necesitan ese tipo de acompañante para aguantar jornadas de trabajo muy largas, jornadas continuas de trabajo sin dormir, etcétera. También es usada la coca, digo, entre, por ejemplo, estudiantes de la clase media... yo incluso como estudiante cuando tenía que escribir un trabajo muy largo, y tenía que trasnochar... quedarme despierto hasta muy tarde..., masticaba coca en vez de tomar tres cafés fuertes... masticaba coca o tomaba tres cafés fuertes... es una elección como cualquier otra hierba.
Entrevistador	También es común que los turistas tomen coca, ¿verdad?
Boliviano	Algunas ciudades andinas eh... al sur del Perú, pero sobre todo la capital de Bolivia, este... son muy altas. Es decir, La Paz queda a 3.800 metros sobre el nivel del mar y el aeropuerto de La Paz, una ciudad tan alta, queda más alto inclusive, 4.100 metros del nivel del mar. Entonces cualquier turista o persona que no está acostumbrada a esa altura cuando llega sufre una especie de mal que se llama soroche, que quiere decir, literalmente... es una palabra que quiere decir mal de la altura. Que es una especie de indisposición con dolor de cabeza, etcétera; depende eh... para... y esto dura... algunas personas no lo sufren, pero las personas que sí lo sufren cuando llegan a La Paz, eh... eso les dura como dos o tres días. Pero una de las formas de... de aliviar rápidamente este soroche, o mal de la altura, es tomar mate de coca y todo el mundo lo hace... es decir, todo el mundo lo recomienda. Es un mate, como puede ser un té, que consiste en agua hirviendo con unas hojas de coca. Uno toma eso y eso ayuda un poco para que se pase el mal de la altura.
Entrevistador	Claro, y la gente que no entiende muy bien el tema se confunde entre la coca y la cocaína.
Boliviano	Sí. El gobierno ha hecho campañas muy grandes para erradicar las plantaciones ilegales de coca, las plantaciones que se utilizan para la elaboración de la cocaína. Pero recuerde, la coca no es cocaína. Una vez, cuando la reina Sofía de España estuvo de visita por La Paz, como cualquier otro turista extranjero, tomó mate de

coca. Y lo hizo **a propósito** diciendo que sabemos que esto no es una droga tal como se **pretende** convencer a la gente y entonces tomó un mate de coca porque estaba sufriendo soroche, mal de la altura, como todo extranjero que llega. Creo que **para dentro de diez años** el mundo ya habrá entendido la diferencia entre uno y otro.

Capítulo 12: Un poema

Locutora   Buenas tardes, estimados radioescuchas. Estamos aquí hoy con otra edición del programa "Quiénes somos y hacia dónde vamos". Y para empezar el programa de hoy, quiero leerles un poema, un poema muy interesante que me mandó el hijo de una poeta. La autora es Raquel Valle Sentíes y el poema se llama "Soy Como Soy Y Qué". Comienzo.

Soy flor injertada que no pegó.
Soy mexicana sin serlo.
Soy americana sin sentirlo.
La música de mi pueblo,
la que me llena,
los huapangos, las rancheras,
el himno nacional mexicano,
hace que se me enchine el cuero,
que se me haga un nudo en la garganta,
que bailen mis pies al compás,
pero siento como quien se pone
sombrero ajeno.
Los mexicanos me miran como diciendo
¡Tú, no eres mexicana!
El himno nacional de Estados Unidos
también hace
que se me enchine el cuero,
que se me haga un nudo
en la garganta.
Los gringos me miran
como diciendo,
¡Tú no eres americana!
Se me arruga el alma.
En mí no caben dos patrias
como no cabrían dos amores.
Desgraciadamente,
no me siento ni de aquí
ni de allá.

Ni suficientemente mexicana.
Ni suficientemente americana.

Tendré que decir
Soy de la frontera.
De Laredo.
De un mundo extraño
ni mexicano,
ni americano.
Donde al caer la tarde
el olor a fajitas asadas con mesquite,
hace que se le haga a uno agua la boca.
Donde en el cumpleaños
lo mismo cantamos
el *Happy Birthday* que las mañanitas.
Donde festejamos en grande
el nacimiento de Jorge Washington
¿quién sabe por qué?
Donde a los foráneos
les entra *culture shock*
cuando pisan Laredo
y podrán vivir cincuenta años
aquí y seguirán siendo
foráneos.
Donde en muchos lugares
la bandera verde, blanca y colorada
vuela orgullosamente
al lado de la *red, white and blue.*

Soy como el Río Grande,
una vez parte de México,
desplazada.
Soy como un títere
jalado por los hilos de dos culturas
que chocan entre sí.
Soy la mestiza,
la pocha,
la *Tex-Mex*, la *Mexican-American,*
la *hyphenated,*
la que sufre
por no tener identidad propia
y lucha por encontrarla,
la que ya no quiere cerrar los ojos
a una realidad que golpea,
que hiere
la que no quiere andarse con tiento,
la que en Veracruz
defendía a Estados Unidos
con uñas y dientes.

La que en Laredo
defiende a México
con uñas y dientes.
Soy la contradicción andando.

En fin, como Laredo,
soy como soy y qué.

Y, ¿amigos? ¿les gustó? Llamen al programa para dar su opinión. Quiero que me digan lo que piensan. El teléfono es 888-956-1221.